빈티
오치제를 바른 소녀
오프닝 그래픽
구현성

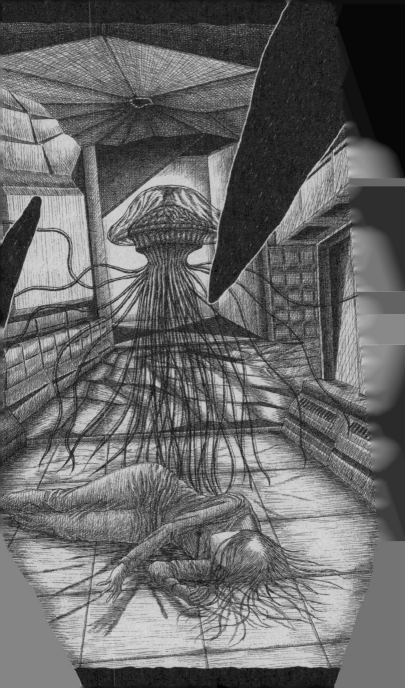

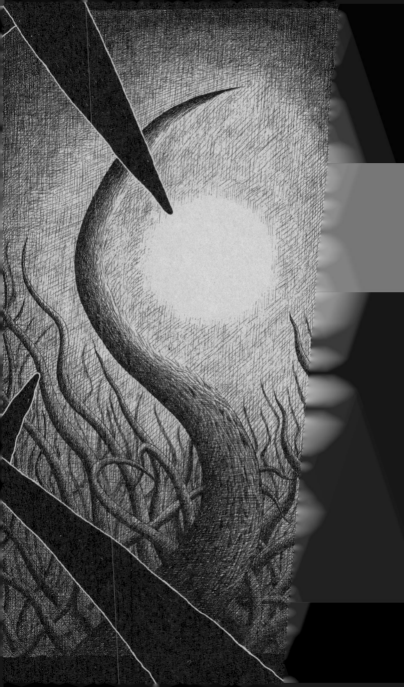

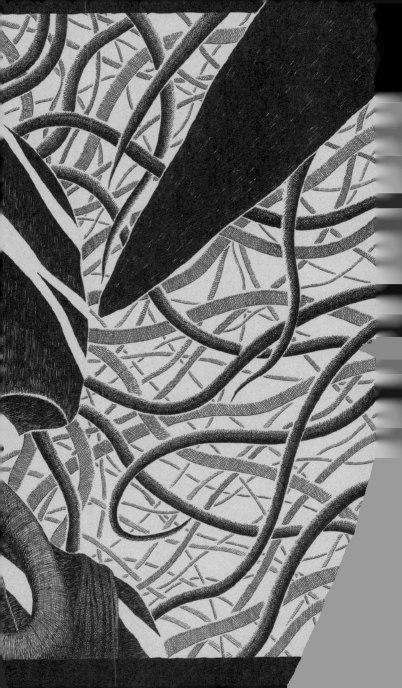

빈티
오치제를 바른 소녀

빈티
오치제를 바른 소녀
BINTI

은네디 오코라포르

그래픽
구현성

이지연 옮김

햇살 환하던 그날
아랍에미리트 샤르자 칼리드 석호에서 헤엄치던
그 파란 꼬마 해파리에게 바친다.

서문

︾

　흑인 여자가 아닌 사람들이 우리 흑인 여자를 보
고 제일 먼저 주목하는 건 우리의 머리카락인 것 같
다. 그래, 같은 흑인 여자끼리도 우선 머리카락부터
보긴 한다. 그렇다 해도 우리가 머리카락을 보는 건
총체적인 평가의 일부다. 그 사람 전체를 얼른 접수
하려는 것이다. 우리는 머리카락만이 아니라 피부색
과 옷차림, 이 모습이 진짜인지 여부, 그 사람이 말을
한다면 억양과 말씨를 접수한다. 여기에는 목적이 있
으니, 인간이 서로 이렇게 할 땐 꼭 목적이 있는 법이
다. 생각을 하는 거다. 저 여자 사회적으로 어떤 위치

︾

의 사람이지? 내가 친해질 수 있을까? 가볍게 어울리
려는 마음일까 친해지려고 작정한 상태인가? 하지만
이런 총체적인 평가는 동등한 처지에서나 이루어지
는 것이다. 다른 사람을 자기의 사회적 관계망에 어
떻게 맞춰 넣을지 결정하는 방법인 것이다. 흑인 여
자 아닌 이가 우리를 살필 때에는 평가가 너무 자주
단편적이 된다. 그 사람들은 그저 머리카락만을 인지
한다. 아니면 피부 빛깔만을, 아니면 눈에 보이는 증
거를 찾아내고픈 그 몇 가지 판에 박힌 유형 중 하나
를, 아니면 아프리카계 미국인 특유의 영어를 할 경
우 그 억양만을 본다(그 말씨를 쓰지 않을 땐 칭찬인지 뭔
지, '말씀하시는 게 정말 반듯반듯하시네요!' 하는 식이 된
다). 그이들은 우리를 무시할 만한 사람, 아무래도 상
관없는 사람으로, 심지어 다른 인간에게 마땅히 가져
야 할 기본적인 존중마저 안 해도 좋을 사람으로 낙
인찍을 만한 특징이 하나라도 있나 찾아본다. 배제를
하기 위해 찾는다.

　끝내주는 게 뭔가 하면 우리의 적들은 이 배제하
기용 특성이 힘이 되는 줄을 충분히 안다는 것이다.

18세기 루이지애나에서 흑인 자드쿨로르('유색인종'이라는 뜻의 프랑스어—옮긴이)들은 머리카락을 가려야 한다는 법률이 실제 존재했다. 지나치게 아름답기 때문이었다. 우리의 피부는 보기에 예쁠 뿐 아니라 자외선을 막아주고 노화에도 저항력이 있다. 그래서 미셸 오바마 같은 여자들의 피부를 인종차별주의자들이 혹독하게 공격하는 것이다. 그녀가 그 피부를 보여주길 즐기니, 그자들은 그걸 숨기게 함으로써 창피를 주려는 꿍꿍이인 것이다. 말씨와 머리모양 등 우리의 다른 온갖 특징들, 그것을 신나게 멸시하는 사람들이 부끄러운 줄도 모르고 (그리고 형편없는 솜씨로) 흉내 내는 일이란 또 얼마나 잦은가? 그건 싫어하는 게 아니다. 시기심이다. 아무리 두려움에 차 저지른 행동이라 해도 그건 힘을 알아본 후에 나오는 반응이다.

* * *

그렇다 보니, 우리가 맨 처음 나미브의 빈티 에케

오파라 주주 담부 카입카를 소개받을 때 오코라포르 박사가 우리의 주의를 끌어가는 부분은 빈티의 머리카락이다. 빈티가 자신에 대해 거의 맨 처음으로 해주는 이야기가, 거의 그렇다는 거지만, 자기 머리카락 숱이 많으며 끝이 부숭부숭 부풀어 있다는 것이다. 우리는 금속 발찌를 잔뜩 건 빈티의 튼튼한 발목에 대해서, 빛이 나는 붉은 갈색 칠 밑으로 진한 고동색을 띤 빈티의 피부에 대해서도 읽게 된다. 하지만 가장 자주 나오는 것, 빈티의 개성을 상징하는 것은 머리카락이다. 빈티의 이모는 그것을 '오도도'라고 불렀다. 제멋대로 풍성하게 나 있다고 말이다. 그렇다, 그것이 빈티다. 복합적이고 똑똑하며 억눌러지지 않는 인물.

빈티의 신체적인 요소들은 전부 다 무언 중에 힘을 정의한다. 이는 수학 천재이자 끝에 가서는 성간 전쟁을 종결 지을 여주인공의 모습을 완벽하게 제시해 준다. 빈티는 길을 떠날 때 짐을 실은 운반기가 얼른 움직이지 않자 발을 쾅 구른다. 자기 말이 들려야 할 때, 또는 무서울 때 빈티는 악 소리를 지르고 언성을 높인다. 얌전히 극기하며 참는 것은 빈티답지 않다. 죽은 친구들을 애도하면서는 기침을 하고 몸을 와들 와들 떤다. 꼴이 예쁘지는 않지만, 애도라는 건 원래 예쁠 일이 아니다.

다른 이들도 빈티의 힘 있는 존재감에 순전히 신체 적인 방식으로 반응한다. 순식간에 빈티를 가늠하고 자기들 사이에 끼워줄 만하지 못하다고 판단하면서 그렇게 한다. 그들은 몸을 피하고 손으로 입을 막는 다. 굳이 말을 하려 들지도 않는다. 그들은 빈티에게 손을 대고 또 대면서도 먼저 양해를 구하는 법이 없 다. 그래 놓고 빈티가 이런 기습에 항의한다고 화를 낸다. 그렇지만 가장 자주 일어나는 일은, 배제라는 행위를 위해 빈티를 확인해보는 그들을 빈티가 손을 쓰지 않고 맞받아치는 것이다. 그들은 빈티의 머리카 락과 피부를 조롱하고 싶지만 제대로 직격은 못한다. 둘 다 달콤한 향기가 나는 '오치제otjize'로 한 꺼풀 덮 여 있기에, 빈티는 전통과 고향의 힘으로 그들이 보 내는 멸시의 시선을 격퇴해낸다.

이 포함 대 배제, 총체적인 존중 대 편견이 낳는 단

편적인 비인격화의 소리 없는 전투가 오코라포르 박
사의 휴고상 및 네뷸러상 최초 수상작인《빈티: 오치
제를 바른 소녀》의 핵이다. 빈티는 하필이면 전시에
가족의 바람을 저버리고 자신의 장래를 찾아나서게
되었는데, 이 전쟁의 원인은 거의 전적으로 한 사회
가 다른 사회를 동등하게 대우하기에 실패했다는 데
기인한다(그렇지 않은 전쟁이 있기는 한가?). 그리고 이
소설에서 만나게 될 사람들 가운데 그 전쟁을 끝낼
만한 인물은 빈티 한 명뿐인데 거기엔 이유가 있다.
빈티와 마찬가지로 길을 나서는 다른 사람들이며 애
당초 길을 떠나 마주치게 되는 움자 대학교 학생들을
통틀어 빈티 한 사람만이 메두스를 온전한 한 종족으
로 보기 때문이다. 동료들 가운데 빈티 혼자만이 자
기가 띠고 있는 구성 요소들로 인해 격하되어 무시를
당한다는 것이 어떤 기분인지 안다.

　그리고 젊고 분노에 찬 메두스가 빈티의 머리카락
을 눈여겨본다. 그것이 격렬한 증오가 존중으로, 이
윽고 평화로 변화해가는 관계의 시작이다.

　이것은 이 빼어난 소설에서 탐험해볼 만한 주제들

중 하나에 지나지 않으므로, 다른 이들은 분명 전통을 지나 자기만의 길을 찾는 빈티의 여로, 문화 간의 분쟁 대 문화 내 알력으로 빚어지는 긴장 그리고 오코라포르 박사의 개인적 디아스포라를 바탕으로 한 이민자 이야기 같은 것들을 언급할 것이다. 어떤 이들은 빈티의 여행이 여러 장르 중에서도 가장 백인, 남성 중심적인 이 장르에서 흑인 여자라면 그 어떤 사람이라도 (설령 이 장르 판의 사교 모임에 끼고 싶은 마음이 딱히 없는 사람이라도) 경험할 갈등을 빈티의 여행이 어떻게 반영하고 있는지 포착해낼 것이다. 설령 그 여자가 이 장르 판의 사교 한동아리에 끼고 싶은 마음이 딱히 없어도 그런 갈등이 생긴다. (그렇다 해도, 나이지리아의 많은 이야기꾼들은 그들만의 건전한 사변 전통을 가지고 있으며 월레 소잉카 같은 중요 인물들이 오코라포르 박사를 그 극히 제한된 공간에 반겨 맞아들인 지 오래다.) 하지만 나는 영광스럽게도 오코라포르 박사의 친구들 중 하나라고 자부하기에 (나에게 박사는 그냥 은네디다.) 그런 단편적 분석은 다른 이들이 하도록 남겨두고, 나는 이 일화 하나를 말해드리겠다.

은네디를 처음 만났을 때 나는 글쓰기의 장에 막 등장한 신진에 불과했다. (단편소설 몇 편이 출판되고 저작권 중개인이 생기기는 했으나 장편소설 판 것이 없었다. 가상의 고대 이집트를 배경으로 한 내 첫 장편이 흑인색이 지나치다는 이유로 출판사들에게 거절당했기 때문이다.) 내가 행사의 주빈인, 키가 훤칠하고 입상처럼 당당한 이 여자에게 소개된 것은 컨벤션에서였다. 정수리에 머리카락을 높이 틀어 올려 그 큰 키에 추가로 한 30센티미터 정도를 더 보태놓은 사람이었다. 물론 내 총체적 평가는 은네디를 단연 알아둘 만한 사람으로 못박았는데, 이후 여러 해가 지나면서 그 판단이 엄청나게 옳았던 것으로 입증됐다. 하지만 은네디의 상냥한 미소와 날렵한 손, 그리고 내가 특별히 눈여겨본 기억이 나는 온갖 개성 이상으로 가장 인상적이었던 건 그녀가 자신의 힘을 몸에 띤 양상, 왕관처럼 보란 듯이 쓴 모습에서 드러나는 그녀의 말 없는 강인함이었다.

빈티도 또한 알아둘 만한 사람으로 당신 눈앞에 나타날 것이다. 하지만 그때 그녀를 총체적으로 받아들이도록 주의하라! 빈티는 당신의 오해나 두려움을 사

고 있을 시간이 없다. 그러나 그녀를 알아갈 사람들
에게는, 진정한 여주인공의 모험이 기다린다.

2018년 4월 23일

N. K. 제미신

차례

⊘

⊘

운반기를 켜고 소리 없는 기도를 올렸다. 이게 안 움직이면 어떻게 해야 할지 대책이 없었다. 내 운반기는 싸구려라 물 한 방울만큼의 습기만 차도, 아니, 더 그럴 성싶은 말로 해서 모래 알갱이 한 톨만 들어가도 동력이 나갈 수 있었다. 기계가 더럽다 보니 대개 말을 들을 때까지 몇 번이고 재시동을 해야만 했다. '제발 지금은 이러지 마, 제발 지금은 좀.' 나는 생각했다.

모래 바닥에 주저앉은 운반기가 부르르 떨었고 나는 숨을 죽였다. 기도석prayer stone처럼 납작하고 까만,

그 빈약한 물건은 낮게 웅 하는 진동음을 내더니 천천히 모래 위로 떠올랐다. 겨우 짐을 들어올릴 동력이 생성된 것이다. 나는 생긋 웃었다. 이제 왕복선까지 갈 수 있게 됐다. 집게손가락으로 이마에 바른 오치제를 문혀내고는 땅 위에 무릎을 꿇었다. 그러고는 손가락을 모래에 대어, 달콤한 향기가 나는 그 빨간 진흙을 땅에 문댔다. "고맙습니다." 그렇게 속삭였다. 컴컴한 사막 길로 반 마일을 걸어가야 했다. 운반기가 작동했으니 시간 맞춰 도착할 수 있을 것이다.

몸을 펴고 일어나, 나는 문득 두 눈을 꼭 감았다. 이제 내 인생 전체의 무게가 내 두 어깨를 내리눌러왔다. 평생 처음으로 나라는 사람의 가장 전통적인 부분을 등지는 참이었다. 나는 오밤중에 떠나가는데, 다들 그런 줄 꿈에도 몰랐다. 내 형제자매 아홉 명, 내 밑으로 여동생 하나 남동생 하나 외에는 다 손위인 언니, 오빠 들은 이런 일이 있으리라고는 전혀 예상하지 못했을 것이다. 우리 부모님은 내가 설마 이럴 줄이야 백만 년을 두고라도 아예 상상 못 하실 것이다. 내가 무슨 일을 저질렀는지, 어디로 갔는지를 식구들이 다들 알게 됐을 때쯤에 난 이미 이 행성을 떴을 것이다. 가고 없는 나를 두고 우리 부모님은 서로 으르렁거리며 두 번 다시 집에 발도 못 들이게 할 거라고 주거니 받거니 하시겠지. 같은 길가 좀 떨어진 데 사는 네 분의 이모와 고모, 두 분의 외가와 친가의 삼촌도 서로서로 내가 우리 집 혈통을 송두리째 입방아에 오르내리게 만들었다며 고함 치고 흥들을 보실 것이다. 난 입에도 담지 못할 몹쓸 것이 되려는 참이다.

"가." 한 발을 팡 구르면서, 운반기에 소리 죽여 속삭였다. 양 발목에 찬 가느다란 금속 고리들이 요란하게 잘그랑거렸지만, 그래도 다시 한번 발을 굴렀다. 운반기가 일단 공중에 떴으면 건드리지 않는 게 상책이었다. "가라고." 내가 말했다. 이마에 땀이 맺혀 나왔다. 전혀 움직일 기미가 없기에, 혹시나 하는 심정으로 역장 위에 얹혀 있는 두 개의 커다란 트렁크를 한번 밀어보았다. 가방들이 매끄럽게 움직였고 나는 재차 안도의 한숨을 내쉬었다. 적어도 조금은 운이 따라주었다.

* * *

　15분 후에 나는 표를 사서 근거리 왕복선에 탔다. 해는 이제 겨우 지평선에 빼꼼 돋아 오르려는 참이었다. 자리에 앉은 승객들 옆을 지나가면서, 쫑쫑 땋은 머리의 부숭부숭한 끝이 사람들 얼굴에 부딪히는 게 너무 의식이 되어 눈을 바닥으로 깔았다. 우리는 머리숱이 많은 편인데다가 더욱이 내 머리카락은 타고나길 굉장히 숱이 많았다. 큰이모는 걸핏하면 내 머리를 '오도도'라고 불렀다. 오도도 풀처럼 기세등등하고 무성하게 자라났기 때문이다. 떠나오기 직전에 나는 이번 여행을 위해 특별히 새로 만든 향기 좋은 오치제를 땋은 머리에 펴 발랐다. 우리 민족을 그리 잘 알지 못하는 이 사람들 눈에 내 모습이 어떻게 보일지는 알 수 없었다.

　내가 지나갈 때 어떤 여자는 몸을 뒤로 뺐다. 무슨 고약한 냄새라도 맡은 것처럼 얼굴을 확 찡그리고 있었다. "죄송합니다." 내가 속삭였다. 발만 보면서, 왕복편에 탄 사람들 거의 전원이 나를 빤히 보는 그 시

22

선들을 무시하려 애썼다. 그러면서도, 주위를 헬끔헬끔 살피지 않을 수는 없었다. 나보다 몇 살씩 더 먹었을 것 같은 여자애 두 명은 너무 허예서 아예 햇빛이 닿은 적이 없을 것 같은 손으로 입을 가렸다. 다들 해하고 원수라도 진 것 같은 얼굴이었다. 왕복선 안에 힘바 사람은 나뿐이었다. 나는 얼른 빈 자리를 찾아내어 그쪽으로 갔다.

왕복선은 어려서 상급 교과과정을 배울 때 선생님들이 탄도계수 계산에 쓰던 탄환과 비슷한 모양이었다. 이런 왕복선들은 기류와 자기장과 지수에너지를 복합적으로 사용하여 공중에서 빠르게 활공해 다닌다. 장비가 있고 시간이 있으면 쉽게 만들 수 있는 기구다. 마을 밖으로 뻗어나간 도로의 유지보수 상태가 형편없는 뜨거운 사막 지대에서 쓰기에 훌륭한 탈것이기도 했다. 우리 민족 사람들은 고향 땅을 떠나는 걸 좋아하지 않았다. 나는 커다란 창밖을 내다볼 수 있도록 뒷자리에 가 앉았다.

우리 아버지의 천문의astrolabe(천체의 높이나 각거리를 재는 기구. 작중에서는 개인 휴대형 첨단 연산기기를 가리킨다─옮긴이) 상점에서 비쳐 나오는 불빛들이 보이고 오빠가 '뿌리집' 옥상에 설치해둔 모래폭풍 분석기가 보였다. 뿌리집이란 정말정말 큰 우리 부모님 집을 부르는 이름이다. 우리 집안은 6대째 그 집에 살아왔다. 내가 살던 마을에서 제일 오래된 집이고, 아마 도시 전체에서도 제일 오래된 집일 것이다. 돌과 콘크리트로 지어져서 밤에는 썰렁하고 낮에는 더웠다. 겉에는 태양열판이 덧대져 있고 해 뜨기 직전에야 빛이 사그라드는 생물발광 식물들로 뒤덮여 있었다. 내 방은 뿌리집 꼭대기에 있었다. 왕복선이 움직이기 시작했고 나는 집이 더 이상 보이지 않게 될 때까지 지그시 눈길을 보내며 "나 뭐하는 거지?"라고 입속말을 했다.

한 시간 반 후에, 왕복선은 우주선 이착륙항에 도착했다. 내가 맨 마지막으로 내렸는데, 그러기를 잘한 것이, 이착륙항 모습에 얼이 나간 나머지 몇 초인가 그 자리에 서 있을 수밖에 없었기 때문이다. 나는 물의 표면처럼 매끄러운 천으로 된 긴 빨간 치마 차림이었다. 거기에 빳빳하고 튼튼한 연한 주황색 윈드톱을 입고 얇은 가죽 샌들을 신고 발목에 고리 여러 개를 찼다. 주위 누구도 그런 옷차림을 하고 있지 않았다. 보이는 건 온통 가뿐하게 흘러내리는 긴 옷과 베일뿐, 철로 된 발목고리를 잘그랑거리는 건 고사하고 발목을 드러낸 여자부터가 한 명도 없었다. 나는 입으로 숨을 쉬며 얼굴이 달아오르는 걸 느꼈다.

"바보같이, 바보, 바보." 입속말을 했다. 우리 힘바족은 나다니지 않는다. 우리는 지그시 자리를 지킨다. 조상들의 땅이 생명이다, 거기에서 떠난다면 스러지고 만다. 우리는 심지어 그 땅의 흙으로 몸을 감싼다. 오치제는 붉은 흙이다. 여기 이착륙항에는 사람들 대부분이 쿠시인이고 몇 명 힘바족 아닌 사람들도 있었다. 여기서 나는 외부인이다, 나는 밖으로 나와 있었다. '무슨 생각으로 이랬담?' 속으로 말했다.

나는 열여섯 살이고 우리 고향 도시 밖에 나와본 적이 없었다. 하물며 이착륙항에야. 나는 혼자였고 이제 막 가족을 떠나왔다. 내가 결혼할 가망은 100퍼센트였다가 이제 0퍼센트가 됐다. 도망갔던 여자를 원할 남자는 없었다. 그래도, 평범한 삶을 살 전망이야 무너졌다지만, 나는 성간 수학 시험에서 아주 높은 점수를 받아서 움자 대학교에 합격했을 뿐 아니라 학교에서 필요한 비용 일체를 대기로 약속해줬다. 어떤 선택을 했든 간에 평범하게 살 팔자는 아니었다, 정말.

주위를 둘러보자 이내 뭘 어떡해야 할지 알 수 있었다. 나는 안내 데스크로 걸어갔다.

* * *

여행 안전심사관이 내 천문의를 검색했다. 속속들이 다 훑어 읽었다. 나는 충격에 어질어질해져서 자신을 가누려고 눈을 감고 입으로 숨 쉬었다. 그냥 행성을 떠날 뿐인데 그들이 내 평생을 읽을 수 있게 해줘야만 했다. 나, 내 가족, 그리고 내 앞으로의 전망 전체를. 나는 거기 꼼짝 못하고 선 채 머릿속으로 어머니 목소리를 듣고 있었다. "우리 부족 사람들이 그 대학교에 안 가는 건 다 이유가 있어. 움자 대학에서 널 오라는 건 자기네들 좋자고 하는 일이란다, 빈티. 그 학교에 가면 그 학교의 종이 되는 거야." 어머니

가 하신 말씀이 정말 맞는 말일 수도 있다는 가능성
을 곱씹어보지 않을 수 없었다. 아직 거기 간 것도 아
닌데 벌써 내 삶 전체를 내놨으니까. 심사관에게 누
구한테나 다 이렇게 하는 거냐고 물어보고 싶었지만,
그 사람이 이미 다 해버린 지금은 겁이 났다. 지금 이
시점에 무슨 짓을 당할지 몰랐다. 괜히 대들지 않는
게 나았다.

안전심사관이 내 천문의를 건네줄 때 나는 홱 낚아
채고 싶은 충동과 싸웠다. 심사관은 나이 지긋한 쿠
시인 남자였다. 어찌나 나이가 들었는지 터번과 얼
굴가리개를 아주 새까만 것으로 할 수 있는 사람이었
다. 떨리는 손이 몹시도 여위고 노쇠해 하마터면 내
천문의를 떨어뜨릴 뻔했다. 죽어가는 야자수처럼 구
부러진 몸에다. "넌 여행한 적이 한번도 없었구나, 전
부 다 읽어야만 하겠다. 그 자리에 가만 있어." 하고
말했을 때의 목소리는 우리 도시 밖의 붉은 사막보
다 더 바싹 메말라 있었다. 그렇지만 내 천문의를 읽
는 속도가 우리 아버지 못지않아서 나는 대단하다 싶
으면서도 겁이 났다. 그이는 섬세하게 선택한 방정식

몇 개를 속삭여서 천문의를 구슬러 열고는 갑자기 안 떨리게 된 손으로 자기 천문의이기라도 한 듯 척척 다이얼을 조작했다.

검색을 마치고, 심사관은 형형한 연녹색 눈으로 나를 유심히 쳐다봤다. 내 천문의를 뒤져본 것보다 더 깊숙하게 내 속을 들여다볼 것 같은 눈이었다. 뒤에 사람들이 있어서 나는 그쪽에서 속닥거리는 것, 작은 소리로 낄낄 웃는 것이며 어린애가 옹알옹알 말하는 소리가 신경 쓰였다. 터미널 안은 시원했지만 나에게는 사람들로 인한 압박감이 뜨겁게 느껴졌다. 관자놀이가 욱신거리고 발이 저렸다.

"축하한다." 안전심사관이 내 천문의를 내밀어 주며, 늙어 깔깔한 음성으로 말했다.

나는 뭐가 뭔지 몰라 심사관을 보면서 눈살을 찌푸렸다. "왜요?"

"너는 너희 민족의 자랑이다, 애야." 그이가 내 눈을 보고서 말했다. 그러더니 활짝 웃으면서 내 어깨를 두드렸다. 방금 내 평생을 본 사람이었다. 내가 움자 대학교에 입학 허가받은 것을 이 사람은 알았다.

"아." 나는 눈시울이 찡했다. "고맙습니다." 목멘 소
리로 말하고, 천문의를 받았다.

터미널의 많은 사람들 사이를 나는 빠르게 빠져나
갔다. 어찌나 촘촘히들 모여 있는지 너무 신경이 쓰
였다. 화장실을 찾아서 피부에 오치제를 더 바르고
머리를 뒤로 묶을까도 생각해봤지만, 그러지 않고 계
속 갔다. 혼잡한 터미널에 있는 사람들 대부분은 쿠
시 사람들이 입는 검은색과 흰색 옷을 입고 있었다.
여자들은 치렁치렁한 흰옷에 여러 가지 색이 든 허리
띠를 매고 베일을 썼고, 남자들은 강력한 혼령인 양
검은색 옷을 휘감았다. 텔레비전에서, 또 우리 도시
안 여기저기서 쿠시 사람을 본 적이야 얼마든지 많이
있지만, 쿠시인의 바다에 빠져 본 일은 없었다. 이것
이 바깥세상이었고 나는 끝내 그 세상에 들어온 것이
었다.

탑승 보안 검사 줄에 서 있던 차에, 누가 머리카락
을 혹 당겼다. 나는 뒤로 돌았고 한 무리 쿠시 여자들
의 시선에 맞닥뜨렸다. 전부 나를 빤히 보고 있었다.
내 뒤쪽 사람들 모두가 처음부터 다들 날 보고 있었

던 것이다.

내 딸은 머리를 잡아당긴 여자가 자기 손을 보면
서, 찡그린 표정으로 손가락을 비볐다. 그 여자의 손
가락은 내 오치제가 묻어서 주황색이었다. 킁킁 냄새
를 맡았다. "재스민 꽃 냄새 같은데?" 그 여자가 놀라
서 자기 왼쪽 여자에게 말했다.

"똥이 아니야?" 한 명이 말했다. "똥 냄새가 난다던
데, 똥이라서."

"아니야, 틀림없이 재스민 꽃 냄새야. 그래도 냄새
가 똥내처럼 독하긴 하네."

"진짜 머리카락은 맞아?" 또 다른 여자가 손가락을
맞비비는 여자에게 물었다.

"몰라."

"이런 '흙목욕꾼' 족속들은 원래가 더러워." 맨 처음
여자가 중얼거렸다.

나는 그냥 돌아섰다. 어깨가 움츠러들었다. 어머니
는 쿠시인 있는 데서는 그냥 말을 말라고 그러셨다.
아버지는 쿠시 상인들이 우리 도시로 천문의를 사러
와서 그 옆에 있게 될 땐 할 수 있는 한 조그맣게 있

으려고 한다고 했다. "그렇게 해야지, 안 그랬다간 그 놈들하고 전쟁을 터뜨려서 끝까지 가버리고 말걸." 아버지의 말이었다. 우리 아버지는 전쟁을 탐탁히 여기지 않았다. 아버지는 전쟁은 악한 것이라고, 그렇지만 만약에 전쟁이 닥친다면 폭풍에 휘말린 모래알인 양 한바탕 신나게 놀아줄 것이라고 그러셨다. 그 말을 하고 나선 전쟁이 나지 않게 해주십사고 일곱에게 짧게 기도하고, 이어서 방금 한 말을 봉하는 기도를 했다.

나는 땋은 머리를 앞으로 끌어다 놓았고 주머니 속에 단edan을 만졌다. 정신을 거기에 집중시켰다. 거기 새겨진 모르는 언어에, 기이한 금속, 그 묘한 촉감에 집중했다. 그 에단은 8년 전 어느 날 오후 늦게 마을에서 좀 떨어진 사막 모래밭을 뒤져보던 중 찾아낸 것이었다. '에단'이란 너무 오래되어서 아무도 그 기능을 모르는 장치를 가리키는 일반명사다. 아주 오래되어서 이제는 그냥 예술품인 물건 말이다.

나의 에단은 그 어떤 책보다도, 내가 우리 아버지 가게에서 만들어낸 그 어떤 새 천문의 디자인보다도

31

흥미로웠다. 그것들도 이 여자들이 봤으면 사고 싶어 환장했을 천문의들이지만 말이다. 이런 에단이 내 것이고 내 주머니 속에 들어 있는데, 내 뒤에 선 그 시끄러운 여자들은 절대 그런 줄도 모를 터였다. 여자들은 저희들끼리 내 말을 하고 있었다. 남자들도 아마 그러고 있겠지. 그렇지만 그중에서 내가 뭘 가지고 있는지, 어디로 가는 길인지, 내가 누군지를 아는 사람은 아무도 없었다. 저희들끼리 뒷말을 하고 단정을 지으라지. 고맙게도, 그것들에게도 내 머리카락에 다시 손을 대지 않을 정도의 지각은 있었다. 나도 전쟁이 썩 좋진 않다.

내가 나서자 검사원 눈빛이 날카로워졌다. 그 남자 뒤로 입구 세 개가 보였다. 가운데 입구가 '셋째물고기'라는 이름을 가진 우주선의 탑승구였다. 내가 움자 대학교에 가려면 타야 할 배다. 열려 있는 그 문은 크고 둥글었는데 안으로 푸른 빛이 밝힌 긴 통로가 이어졌다. "앞으로 나와요." 검사원이 말했다. 그 사람은 기다란 흰색 옷에다 회색 장갑이라는, 모든 우주선 이착륙항 하위직 직원이 입는 제복 차림이었다.

이 제복은 드라마나 책에서만 보았을 뿐이라서 그러면 안 된다고 생각하면서도 나는 키득키득 웃음이 나올 것만 같았다. 꼴이 우스웠다. 나는 앞으로 걸음을 내디뎠고 모든 게 빨개지고 따끈해졌다.

신체검색기가 검색을 마쳐 삑 소리를 내자, 검사원은 내 왼쪽 주머니에 손을 넣어 에단을 끄집어냈다. 잔뜩 찡그린 낯으로 그걸 코앞에 들고 보았다.

나는 기다렸다. 저 사람이 무엇을 알려나?

보안 검사원은 내 에단의 방사상 입방체 형태를 살펴보며 여러 개의 꼭짓점들을 손가락으로 눌러보고 표면에 새겨져 있는, 내가 2년을 들여 해독하려고 해봤어도 해독하지 못한 신기한 그림들을 유심히 보았다. 파란색, 검은색, 흰색으로 된, 어린 여자아이가 열한 살이 되어서 11년 차 의식을 치를 때 머리에 쓰는 레이스와 똑 닮은, 고리 모양, 소용돌이 모양의 복잡한 문양을 더 잘 보려고 그걸 얼굴 가까이 가져갔다.

"뭘로 된 거야?" 검사원이 그걸 판독기에 대보면서 물었다. "알려진 금속 어느 것도 아닌 걸로 나오는데."

나는 어깨를 으쓱했다. 뒤에 줄을 서 기다리면서 나를 쳐다보는 사람들이 너무 신경 쓰였다. 그 사람이 보기에 나는 뒤쪽 사막 저 오지의 동굴에 사는, 태양 빛에 너무나도 까맣게 타서 걸어다니는 그림자 같아 보이는 그 민족 사람들과 같을 터였다. 나는 아버지 쪽으로 '사막 사람들' 피가 좀 섞여 있는데 그게 막 뿌듯하진 않다. 색이 진한 내 피부와 한층 더 부숭부숭한 머리카락은 바로 그 피에서 온 것이다.

"신원 보니까 조율사네. 정교한 최상급 천문의도 더러 만드는 숙련된 조율사라." 검사원이 말했다. "그렇지만 이 물체는 천문의도 아니고. 만든 거예요? 그런데 자기가 만들어놓고 뭘로 된 건지를 모를 수가 있나?"

"내가 만든 거 아니에요." 내가 말했다.

"누가 만들었는데?"

"그건… 그냥 아주아주 오래된 물건이에요." 내가 말했다. "수학도 흐름도 안 들어 있어요. 그냥 먹통인 연산 장치인데 행운이 있으라고 가지고 다니는 거예요."

이건 부분적으로 거짓말이었다. 하지만 나라고 해도 그게 뭘 할 수 있고 없는지에 대해서 알지 못했다.

남자는 더 물어볼 것 같은 표정이었지만 묻지 않았다. 나는 속으로 빙긋 웃었다. 정부직인 검사대 직원은 교육을 열 살까지만 받는다. 그러면서도 직업이 직업이라 사람들에게 이래라 저래라 하는 게 몸에 배어 있다. 그리고 특히 나 같은 사람들을 깔보았다. 어딜 가든 매한가지일 거다. 어느 종족 사람이든 간에. 이 사람은 '연산 장치'가 뭔지 아예 모르고 있었지만, 가난한 힘바 여자애인 내가 자기보다 더 교육받았다는 사실이 드러나는 것을 꺼려했다. 이 많은 사람들 앞에서 차마. 그래서 검사원은 나를 얼른 통과시켰고, 그래서 나는 마침내 내가 탈 우주선 입구에 섰다.

통로 끝은 보이지 않았다. 그래서 물끄러미 입구를 쳐다보고 있었다. 이 배는 생체 기술의 걸작품이었다. 셋째물고기호는 새우에 가까운 생물인 '미리12'였다. 미리12는 안정감 있고 차분한 생물로, 가혹한 우주 환경을 견뎌낼 수 있는 천연의 외골격을 가졌다. 유전적으로 발달을 촉진해 체내에 호흡낭 세 개를 가지도록 만드는데, 과학자들은 이 세 개의 크나큰 공간에 빠르게 자라는 식물들을 심는다. 이 식물들이 선내 다른 곳에서 곧바로 전달된 이산화탄소로 산소를 생산할 뿐 아니라 벤젠, 포름알데하이드, 트라이클로로에틸렌을 흡수했다. 내가 글로 읽은 것 중에서도 가장 놀라운 기술이라 할 수 있었다. 일단 선내에 자리를 잡으면 누구든 사람을 찾아 그 놀라운 방 중 하나를 보여달라고 하기로 단단히 마음을 먹었다. 그렇지만 지금 당장은 우주선의 기술 생각은 하지 않고 있었다. 지금 나는 문턱에 서 있는 것이었다, 고향과 내 미래 사이의 문턱에. 나는 걸음을 떼어 푸른 통로로 들어갔다.

✳ ✳ ✳

그러니까 그것이 모든 것의 시작이었다. 나는 내 방을 찾아갔다. 내 한동아리를 찾아갔다… 다른 신입생 열두 명, 전원 인간이고, 전원 쿠시인으로 열다섯 살에서 열여덟 살 사이인 친구들을. 한 시간 후에 내 한동아리와 나는 선내의 기술자를 찾아내어 호흡실 한 곳을 견학했다. 그 기술이 실제로 작동하는 걸 보고 싶어 못 견디는 움자 대학교 신입생은 나 한 명만이 아니었다. 그 안의 공기에서는 내가 글로만 읽어본 밀림이나 숲의 공기 같은 냄새가 났다. 식물들은 잎이 억센데 천장에서 바닥까지 온갖 데에 다 자라나 있었다. 거기에 꽃이 흐드러지게 피어 있어서, 며칠 동안을 거기 서서 그 나긋나긋 향기로운 공기를 마시라 해도 마실 수 있을 것 같았다.

몇 시간 후에는 우리 일동의 인도자를 만났다. 나이 많고 엄격한 쿠시 남자인데 우리 열두 명을 굽어보더니만 내게서 시선을 멈추고 물었다. "너는 왜 온몸에 뻘건 기름진흙을 처바르고 쇠 발목고리는 뭐하러 그렇게 무겁게 잔뜩 차고 있냐?" 나는 힘바족이라고 얘기했지만 그 사람은 개의치 않았다. "알아. 그렇지만 그건 내 질문에 답이 안 되잖느냐." 나는 그에게 우리 부족 사람들의 피부 관리 전통이 이렇고 뱀에게 물리는 걸 방지하기 위해 발목에 쇠고리를 여러 개 차는 거라고 설명했다. 그 남자는 한참을 날 보았고,

37

내 한동아리의 나머지 아이들은 이상하게 생긴 희귀한 나비를 보듯이 날 응시했다.

"오치제는 바르려거든 바르려무나." 그가 말했다. "그렇다고 이 배에 온통 물이 들 지경으로 많이 바르지는 말고. 그리고 그 발목고리들이 뱀에게 물리지 말라고 차는 거면, 이제부터는 필요 없다."

나는 발목고리들을 뺐다. 그래도 걸음걸음마다 찰그랑거리는 소리가 계속 나도록 한쪽에 두 개씩은 남겨두었다.

선상에 힘바 사람은 내가 유일했다. 거의 500명에 이르는 승객들 중에 나 하나뿐이었다. 우리 힘바 사람은 혁신과 기술에 아주 열심이지만 민족 규모가 작고 우리끼리 모여 살며, 말했다시피 지구를 떠나는 것을 좋아하지 않는다. 우리는 우주를 탐험하는 데 있어 바깥을 향해서가 아니라 안을 향해 길을 나서는 걸 선호한다. 여태껏 움자 대학교에 간 힘바 사람은 없었다. 그러니 내가 선상에 딱 한 명 혼자라는 것이 그리 놀라운 일은 아니었다. 아무리 그렇다지만, 놀랍지 않다고 해서 대처하기 수월한 건 아니다.

우주선에는 외부 지향적인 사람이 가득했다. 수학을, 실험을, 배움을, 독서를, 발명을, 공부를, 죽어라 몰두하기를, 밝혀내기를 너무너무 좋아하는 사람들. 우주선에 탄 사람들은 힘바족이 아니지만 그럼에도 내 동류라는 걸 나는 이내 깨달았다. 나는 힘바 사람이라서 돌출되어 있지만, 공통점은 더 확연히 빛났다. 순식간에 친구가 생겼다. 그리고 우주에서 2주째가 될 때까지 그들은 좋은 친구였다.

올로, 레미, 쿼가, 누르, 아나자마, 로덴. 나와 한 동아리인 사람은 올로하고 레미뿐이었다. 다른 사람들은 식당이나, 승선해 있는 교수들이 갖가지 강좌를 여는 학습실에서 만났다. 모두들 집에 집이 얼기설기 넓게 이어진 데서 자라나 사막 길을 걸은 적도, 마른 풀 속 뱀을 밟아 본 적도 없는 여자애들이었다. 차광된 창을 통해 들어오는 정도면 모를까, 지구의 태양 광선을 도무지 견뎌내지 못할 아이들.

그렇지만 그 아이들은 내가 '나무되기treeing' 한다는 말을 하면 그게 무슨 뜻인지 알았다. 우리는 내 방에 앉아서(여행 짐이 정말 없다 보니 내 방에 제일 빈 공간이 많

았기 때문이다.) 바깥의 별들을 내다보면서 최고로 복
잡한 방정식을 떠올리고, 그걸 반반 나누고 그런 다
음엔 다시 반으로, 또 반으로 나누어보라고 서로 도
전했다. 수학 프랙탈을 한참 하다 보면 절로 나무되
기에 빠지게 마련이고, 수학의 바다 여울목에 넋을
잃고 휩쓸려 들어가고 만다. 우리 중 누구라도 나무
되기를 못하는 애였다면 대학에 합격하지 못했을 테
지만, 나무되기 하는 것이 쉽지는 않았다. 우리는 최
고였고 '신'의 경지에 가까워지도록 서로를 밀어 올
렸다.

　그리고 또 헤루가 있었다. 한번도 말을 주고받은
적은 없었지만 식사 시간에 탁자 건너 미소를 주고받
긴 했다. 헤루는 우리 도시에서 아주 멀리 떨어져 있
어서 내 상상의 산물로나 여겨지는 도시들 중 한 곳
출신이었다. 차가운 눈이 있고 남자들은 저 커다란
회색 새들을 타고 여자들은 입도 움직이지 않은 채
그 새들과 이야기할 수 있는 곳.

　한번은 헤루가 자기 친구 한 명하고 같이 저녁식사
줄에서 내 뒤에 서 있었다. 누가 내 땋은 머리 가닥

하나를 집어 보는 게 느껴져서, 화낼 준비를 다 하고 획 돌아섰다. 헤루와 눈이 마주쳤고 헤루는 얼른 내 머리를 놓고는 빙그레 웃음 지으며 방어적으로 양손을 들어 올렸다. "안 만질 수가 없었어." 헤루가 말했다. 손가락 끝에 내 오치제가 묻어서 빨갰다.

"네 손이 통제가 안 돼?" 내가 쏘아붙였다.

"정확히 스물한 가닥이구나." 그 애가 말했다. "그리고 돋을삼각 오목삼각을 섞어가며 땋았네. 무슨 암호라도 들어 있어?"

나는 정말 암호가 있다는 것, 그 땋은 형태가 우리 가문 혈통을, 문화를, 역사를 말해준다는 것을 알려주고 싶었다. 우리 아버지가 그 암호를 고안했고 우리 어머니와 고모들이 그걸 내 머리에 땋아 넣는 법을 가르쳐주었다. 말을 하고 싶었지만, 헤루를 보고 있자니 내 심장은 너무 빠르게 뛰었고 도무지 말이 나오지 않았다. 그래서 나는 그냥 어깨만 으쓱하고 휘릭 몸을 돌려 수프 한 사발을 집어 들었다. 헤루는 키가 컸고 내가 본 사람들 중에 이가 가장 하앴다. 그리고 수학을 아주 잘했다. 내 머리카락에 암호가 들어 있다는 걸 알아차린 사람은 거의 없었을 것이다.

그렇지만 헤루에게 내 머리카락이 우리 민족의 역사대로 땋은 것이라고 말해줄 기회는 없었다. 왜냐하면 벌어질 일이 벌어졌기 때문이다. 그 일은 항행 18일째에 일어났다. 우리 은하에서 가장 강력하고 혁신적이며 거대한 규모의 대학교가 있는 움자 대학행성에 도착하기 닷새 전이었다. 나는 평생 그런 적이 없을 만큼 최고로 행복했고, 평생 그런 적이 없을 만큼 내 사랑하는 가족에게서 까마득히 먼 데 와 있었다.

나는 식탁에 앉아 우유를 주재료로 코코넛 조각을 넣어 만든 젤라틴질의 디저트를 한입 가득 만끽하며 헤루를 지그시 보고 있었다. 헤루는 나를 보고 있지 않은 참이었다. 나는 포크를 내려놓고 양손으로 내 에단을 들었다. 헤루가 옆에 있는 남자애와 이야기하는 걸 지켜보면서 에단을 만지작거렸다. 맛 좋은 크림 같은 디저트가 내 혀 위에 시원하게 녹아들었다. 내 옆에서 올로와 레미는 고향을 그리워하며 자기들이 살았던 도시에 전해 내려오는 노래를 부르고 있었다. 물의 영처럼 흐늘흐늘한 목소리로 불러야만 하는 노래였다.

그러다 누군가 비명을 질렀고 헤루의 가슴이 쩍 벌어졌다. 헤루의 뜨듯한 피가 나에게 확 뿌려졌다. 헤루 바로 뒤에 웬 메두스가 서 있었다.

*＊＊

우리 문화에서는, 무생물에게 기원하는 것은 신성모독이다. 하지만 그래도 나는 했다. 나는 우리 아버지도 무언지 알아내지 못한 금속 덩어리에게 빌었다. 그걸 가슴에 대고서, 두 눈을 꼭 감고, 그것에게 기도했다. 네가 나를 지켜주는 거야, 제발 날 보호해줘. 네가 날 지켜줘. 나를 보호해줘.

하도 심하게 몸이 후들거려서 공포 때문에 죽는다는 게 어떤 걸지 상상이 갔다. 나는 숨을 멈췄다. 메두스들의 악취가 아직도 내 코 안에, 입 안에 있었다. 헤루의 피가 내 얼굴에 묻어 있어 축축하고 끈적했다. 나는 내 에단을 이루고 있는 신비의 금속을 향해 빌었다. 이 순간 나를 살려두고 있는 건 오직 그것일 수밖에 없기 때문에.

입으로 거친 숨을 마시며, 한 눈으로 살짝 엿봤다가 도로 눈을 감았다. 메두스가 한 척도 안 되는 곳에 떠 있었다. 아까 한 놈이 나를 덮치려고 했지만 내 살갗에서 한 치 거리에 와서는 얼어붙었다. 촉수 하나를 내 에단 쪽으로 뻗더니 별안간 무너져내렸다. 그 촉수가 재 같은 회색으로 변하면서 메두스는 죽은 잎처럼 순식간에 말라버렸다.

다른 메두스들의 소리도 들을 수 있었다. 그것들이 토한 숨을 도로 들이마시면 그 기체가 투명한 삿갓 부분에 들어찼다 빠져나왔다 하면서 실체가 있을락 말락 한 메두스 몸에서 가볍게 스치는 소리가 났다. 그들은 키가 성인 남자만큼 되고, 삿갓 부분 살은 고운 비단처럼 얇았으며, 늘어뜨려 바다에 이르는 긴 촉수들은 유령 같은 국수 다발을 잔뜩 모아 성대하게 들이부은 것처럼 보였다. 나는 에단을 바싹 당겨 쥐었다. 난 네 보호 아래 있어. 부디 나를 지켜줘.

대식당에 있던 사람 전원이 죽었다. 적어도 100명이. 우주선에 탄 사람이 전부 죽었구나 하는 직감이

들었다. 메두스는 불시에 식당에 쳐들어와 무슨 일인지 누가 미처 깨닫기도 전에 '무즈하 키비라'를 저지르기 시작했다. 쿠시 사람들은 그렇게 불렀다. 우리는 모두 역사 시간에 이 메두스식 살육 방식에 대해 배웠다. 쿠시인들은 역사, 문학 그리고 몇 가지 문화 교과 수업에 그 부분을 넣었다. 우리 민족 사람들도 그에 대해 배울 것을 요구받았다. 사실은 우리의 싸움이 아니었는데도. 쿠시족은 자기들의 가장 큰 적과 자기들이 당한 최악의 불의를 모든 사람이 마땅히 기억하게 하려 했다. 그들은 심지어 메두스 해부학과 메두스 기술 초급편을 수학과 과학 수업에 집어넣기까지 했다.

무즈하 키비라는 '큰 물결'을 의미한다. 메두스는 전쟁에서 물처럼 움직인다. 그들의 행성에는 물이 없지만 메두스는 물을 신으로 숭배한다. 그들의 조상이 오래전 물에서 생겨났던 것이다. 쿠시인은 대부분이 물인 행성에서 가장 물에 푹푹 젖은 땅에 정착한 사람들이고, 메두스를 열등하게 보았다. 메두스와 쿠시 사이의 불화는 오랜 싸움이었고 그보다 더 오랜 의견 불일치가 기저에 있었다. 어찌어찌 해서 그들은 서로 상대방 우주선을 공격하지 않기로 조약을 맺었다. 그런데 여기에 메두스가 무즈하 키비라를 펼치고 있었다.

내 친구들 이야기를 하던 참이었다.

내 친구들.

올로, 레미, 퀴가, 누르, 아나자마, 로덴, 둘라즈. 움자 대학교에 가면 얼마나 힘들고 낯설지 우리의 두려움을 얘기하고 까르르 웃어가며 늦은 밤을 보내기도 여러 날이었다. 우리 모두가 아마도 사실이 아닐, 어쩌면 부분적으로는 실제 맞을지 모를 괴상한 예상들을 하고 있었다. 우리는 정말 공통점이 많았다. 나는 우리집 생각이나, 내가 집을 떠나온 일이나, 내가 떠나고 몇 시간이 지나서 우리 식구들이 내 천문의에 보낸 몸서리나는 메시지들은 생각하지 않았다. 나는 내 장래가 있는 앞을 바라보고 있었고, 그것이 정말로 밝았기 때문에 까르르 웃고 있었다.

그때 메두스가 대식당 입구로 엄습해왔다. 내가 헤루를 바라보고 있는데 그 애의 셔츠 왼쪽 윗부분에 빨간 동그라미가 생겨났다. 뚫고 나온 그 물체는 검

같았지만 종잇장처럼 얇았다… 낭창낭창한 그것은
쉽사리 피에 물들었다. 그 끝이 꿈질하더니 손가락인
양 움켜졌다. 나는 그게 헤루의 빗장뼈 근처 살에 꽂
혀드는 걸 보았다.

무즈하 키비라.

내가 무엇을 했는지 무슨 말을 했는지 기억 나지
않는다. 내 눈은 뜨여 있어 모든 것을 받아들였지만,
내 뇌의 나머지 부분은 비명을 지르고 있었다. 아무
이유 없이 나는 숫자 5에 집중했다. 헤루의 눈이 쇼
크에 빠졌다 텅 비어가기까지 나는 몇 번이고 속으로
555555555를 생각했다. 헤루는 벌어진 입에서 꺽꺽
숨 막히는 소리를 냈고, 끈적한 빨간 피를 울컥 내뿜
었으며, 몸이 앞으로 고꾸라지기 시작하면서 피와 침
이 섞인 거품을 토해냈다. 헤루의 머리가 둔탁한 쿵
소리와 함께 식탁을 쳤다. 목이 돌아가서 나는 헤루
의 뜬 눈을 볼 수 있었다. 왼손이 경련하듯 꿈질거리
다, 결국에는 멈추었다. 그렇지만 눈은 그대로 뜨고
있었다. 눈을 깜박거리지도 않았다.

헤루가 죽었다. 올로, 레미, 쿼가, 누르, 아나자마,

로덴, 둘라즈도 죽었다. 모두 다 죽었다.

대식당에는 피비린내가 진동했다.

* * *

가족 중 누구도 내가 움자 대학교에 가는 걸 원치 않았다. 제일 친한 친구인 델레도 내가 가길 바라지 않았다. 그래도, 합격 소식을 듣고 얼마 지나지 않아 우리 가족 전체가 안 된다고 하고 있었을 때 델레는 만약에 내가 간다면 적어도 메두스 걱정은 안 해도 될 거라는 농담을 했다. 우주선 안에 힘바족은 나 한 명일 테니까 말이다.

"그러니까 놈들이 다른 사람은 다 죽이더라도, 너 는 아예 안중에도 없을 거야!" 델레가 말했다. 그러고 나서는 웃고 또 웃었다. 내가 아무 데도 안 갈 것을 굳게 믿고서.

이제 델레가 했던 말이 다시 떠올랐다. 델레. 이때 까지 나는 델레 생각을 마음속 깊이 처박아두고 델레 에게서 온 메시지는 하나도 읽지 않았다. 사랑하던 사람들을 무시하는 것만이 계속 전진할 수 있는 길이었다. 움자 대학교에서 공부할 수 있는 장학금을 받고서, 난 사막으로 들어가 몇 시간을 울었더랬다. 기뻐서 울었다.

대학교란 게 뭔지 알게 된 때부터 이게 소원이었다. 움자 대학교는 최고 중의 최고고, 거기 구성원 중 5퍼센트만이 인간이었다. 그 5퍼센트의 일원으로서 거길 간다는 게 어떤 의미일지 상상해보라. 지식과 창조와 발견에 여념이 없는 다른 사람들과 함께한다는 것이. 사막에서 그러고 나서 나는 집에 가서 식구들에게 상황을 이야기했고, 그다음에는 충격을 받아 울었다.

"못 가." 큰언니가 말했다. "넌 숙련 조율사잖아. 너 말고 아버지 가게를 이어받을 실력이 되는 사람이 누가 있어?"

"이기적으로 그러지 마." 베라 언니가 야단쳤다. 나보다 열한 살이 많은 언니는 자기가 내 인생을 좌지우지할 수 있다고 생각했다. "유명세는 그만 쫓고 정신을 차려야지. 휘리릭 집을 떠나서 은하 건너 날아

가겠다니 어떻게 그런 생각을 해."

남자 형제들은 그저 픽픽 웃을 뿐 생각할 거리도 안 된다는 식이었다. 부모님은 아무 말씀이 없으셨다. 축하한다는 말도 없었다. 암말 없는 그것이 답이 되고도 남았다. 심지어 가장 친한 친구 델레마저도. 델레는 축하한다면서 내가 움자 대학교 사람들 누구보다도 똑똑하다고 말해줬지만 그러고 나서는 델레도 웃었다. "네가 어떻게 가냐." 그냥 그렇게 말했다. "우린 힘바족이야. 신께서 이미 우리 갈 길을 골라주셨어." 나는 사상 최초로 움자 대학교 합격의 영광을 차지한 힘바 사람이었다. 우리 도시의 쿠시인들이 던지는 증오의 말들, 죽여버리겠다는 협박, 비웃음과 놀림은 한층 더 날 숨고 싶게 만들었다. 그렇지만 내면 깊은 곳 저 속에서는 바랐다…, 절실했다. 소망하는 바를 실행에 옮길 수밖에 없었다. 욕구가 너무나 강해 수학이 될 지경이었다. 사막에 가 앉아 있으면, 혼자서 바람 소리에 귀 기울이노라면 아버지 가게에서 일에 몰두할 때처럼 숫자들이 보이고 느껴졌다. 그 숫자들이 차곡차곡 더해져 내 운명의 총합을 이루었다.

그래서 비밀리에, 입학 서류 빈칸을 채워 넣어서 업로드했다. 그쪽에서 면접을 위해 내 천문의에 연락을 주었을 때는 사막이 사생활 보호에 완벽한 장소가 되어주었다. 모든 것이 확정되자 나는 소지품을 꾸렸고 그 왕복선에 탔다. 나는 비톨루스 집안 출신이다. 우리 아버지는 숙련 조율사고 난 아버지 뒤를 이을 참이었다. 우리 비톨루스가 사람들은 심오한 참 수학을 알고 그 흐름을 조절할 수 있다. 우리는 체계를 이해한다. 우리 집안 사람은 구성원 수가 적고 행복하게 살며 무기와 전쟁에는 흥미가 없지만, 우리 몸은 지킬 줄 안다. 그리고 아버지 말마따나 "신이 가호하신다."

이제 나는 에단을 가슴에 꽉 붙여 쥔 채 눈을 떴다. 내 앞에 있는 메두스는 파랗고 투명했는데 촉수들 중 한 가닥만이 달랐다. 그 촉수는 우리 마을 옆에 있는 소금 호수의 물처럼 분홍색이 어려 있었고 못 자란 나무의 가지처럼 배배 꼬여 있었다. 내가 에단을 내밀자 메두스는 흠칫 물러났다. 그러고는 머금고 있던

기체를 울컥 뱉어냈다가 소리 내어 들이마셨다. 공포
다. 나는 생각했다. 저건 무서워하는 거야.

나는 일어섰다. 내가 죽을 때가 아직 닥쳐온 게 아
니라는 걸 알았다. 나는 넓디넓은 대식당 안을 빠르
게 둘러보았다. 피 냄새와 메두스가 뿜어낸 기체 냄
새 위로 음식 냄새도 났다. 구워서 양념에 재운 고기,
장립종 현미로 지은 밥, 빨갛고 매콤한 스튜, 부풀리
지 않은 빵, 그리고 내가 너무너무 좋아하는 그 진한
풍미의 젤라틴계 디저트. 음식들은 여전히 큰 탁자에
진열돼 있었다. 시체들이 식어갈 때 더운 음식들도
식어갔고, 죽은 메두스가 녹아내릴 때 디저트도 녹고
있었다.

"물러서!" 에단을 메두스 앞에 들이대면서 날카롭
게 말했다. 벌떡 일어서는 서슬에 옷이 와스락거리고
발목 고리가 챙그랑거렸다. 메두스들이 내 뒤에도 있
고 옆에도 있었지만 나는 앞에 있는 메두스에게 집중
했다. "이거 맞으면 죽어!" 할 수 있는 한껏 위압적으
로 말했다. 목청을 가다듬고 언성을 높였다. "네 동족
이 당한 거 보이지!"

나는 두 자 떨어진 데 있는, 죽어 오그라든 메두스를 가리켰다. 그것의 물컹하던 살은 말라서 갈색의 탁한 빛으로 변해갔다. 그 메두스는 날 덮치려 했는데 문득 무언가에 죽임을 당하고 말았다. 내가 하는 말에 죽은 메두스의 작은 조각들이 부스러져 먼지가 되었다. 내 목소리의 진동만으로 유해가 흐트러져나갈 정도였다. 나는 내 배낭을 집어 들고 식탁에서 얼른 몸을 빼어 음식이 있는 큰 탁자 쪽으로 갔다. 이제 정신이 팽팽 돌아갔다. 숫자들이 보이다가 흐릿해졌다. 잘한다. 난 아버지 딸이잖아. 아버지가 우리 조상들의 전통을 가르쳐주셨고 내가 우리 집에서 제일 똑똑했잖아.

"나는 나미브의 빈티 에케오파라 주주 담부 카입카다." 입속으로 말했다. 그건 내가 멍한 얼굴로 나무되기를 시작할 때면 아버지가 항상 상기시켜주던 말이었다. 그러고 나서 아버지는 천문의에 대해 전수해줄 내용을 큰소리로 말씀해주시곤 했다. 천문의가 어떻게 작동하는지, 얼마나 정교한지, 진정한 협의가 어떤 것인지, 그리고 계보에 대해서. 내가 이 상태에 있

는 동안에 아버지는 300년에 걸쳐 구전된 지식을 나
에게 전해주셨다. 회로, 배선, 금속, 기름, 열, 전기,
수학의 흐름, 샌드바에 대해서.

그렇게 해서 나는 열두 살의 나이에 숙련 조율사
가 되었다. 나는 이리저리 흐르는 영과 소통해 하나
의 흐름을 이루도록 할 수 있었다. 나는 우리 어머니
의 수학적 시야를 갖고 태어났다. 우리 어머니는 그
재능을 가족을 지키는 데에만 썼다. 그리고 이제 나
는 그 재능을 은하 제일의 대학교에서 양성해갈 참이
었다… 살아남는다면 말이다. "나미브의 빈티 에케오
파라 주주 담부 카입카, 그게 내 이름이야." 내가 다
시 말했다.

마음속에 방정식들이 흘러 지나가면서 흐렸던 생
각이 개었다. 정신이 더 넓게 열리면서 점차 복잡도
가 더해지고 한결 만족할 만하게 되어갔다. 꼭짓점 개
수-모서리 개수+면 개수=2 그리고 $a^2+b^2=c^2$
나는 속으로 생각했다. 이제 무엇을 해야 할지 깨달
았다. 나는 음식 있는 탁자로 이동해 쟁반을 집었다.
닭날개를 수북이 담고 칠면조 다리 하나를 올리고 그

위에 소고기 스테이크 세 장을 얹었다. 그런 다음 롤
빵 몇 개를 더했다, 빵 쪽이 더 오래 안 상하고 버틸
것이다. 쟁반에 오렌지 세 개도 턱턱 얹었다. 과즙
이 담겨 있고 비타민 C가 들었으니까. 물은 통에 담
긴 걸 통째로 두 개 집어서 마저 내 배낭에 쑤셔 넣었
다. 그런 다음 우유 들어간 흰색 디저트를 한 주걱 떠
쟁반에 올렸다. 그게 이름이 뭔지는 몰라도 여태까지
먹어본 것 중에서 단연 최고로 맛있는 음식이었다.
한 입 한 입이 내 정신적 안녕에 연료가 되어줄 터였
다. 그리고 내가 죽지 않고 살 것 같으면 정신적 안녕
은 특히 절실하게 필요할 터였다.

　나는 에단을 치켜들고 빠르게 움직였다. 가뜩이나
잔뜩 욱여 넣은 배낭 무게에 등이 휘는데 왼손에는
또 커다란 음식 쟁반을 들었다. 메두스들은 나를 따
라왔다. 촉수를 바닥에 스르르 스치면서 둥둥 떠 왔
다. 메두스에게는 눈이 없었다. 하지만 내가 알기로
는 그 촉수 끝에 냄새 수용기가 있다. 메두스들은 냄
새로 날 보았다.

　선실들로 이어지는 복도는 널찍했고 문은 전부 금

박을 입혀 도금한 문이었다. 우리 아버지라면 이런 낭비에 개탄을 금치 못했을 것이다. 황금은 정보 전도체이고 황금이 발하는 수학적 신호는 다른 어떤 것보다도 강력했다. 하지만 여기서는 천박한 사치에 낭비돼 있었다.

내 방에 다다랐을 때, 트랜스 상태가 예고 없이 풀려서 순식간에 다음에 뭘 할 것인지 아무 생각이 나지 않았다. 나는 나무되기를 멈추었고 명징한 정신 상태가 후퇴하며 자신감이 쭈그러들었다. 할 수 있는 생각이라고는 문에 안구를 인식시켜야겠다는 게 다였다. 문이 열렸고, 안으로 들어가니 문이 밀폐음과 함께 닫히며 방을 봉했다. 아마도 우주선의 비상 프로그램이 작동한 모양이었다.

다리에 힘이 빠지기 직전에 간신히 쟁반과 배낭을 침대에 올려놓았다. 그러고 나서는 문에서 먼 벽 쪽의 검은색 착륙용 의자 옆 서늘한 방바닥에 풀썩 주저앉았다. 얼굴에 땀이 차, 잠시 뺨을 바닥에 대고서 긴 숨을 내쉬었다. 내 친구들 올로, 레미, 쿼가, 누르, 아나자마, 로덴의 모습이 머릿속에 와글와글 붐볐다.

머리 위에서 헤루의 낮은 웃음 소리가 난 것만 같았
다… 그에 이어 그의 가슴이 왈칵 벌어지던 모습이,
그리고 내 얼굴에 묻은 그 애 피가 뜨뜻하던 게 떠올
랐다. 나는 입술을 깨물며 끙끙 신음했다. "난 여기
있어, 난 여기 있어, 난 여기 있어." 그렇게 속삭였다.
실제로 내가 거기 있고 나갈 길이라곤 없었기 때문이
다. 눈물이 차올라서 눈을 꽉 감았다. 몸을 잔뜩 옴츠
렸고 몇 분 동안 멈춰버렸다.

* * *

내 천문의를 얼굴 가까이 가져왔다. 그 껍데기는
내가 직접 황금 샌드바로 조형해 찍어내고 연마해 만
들었다. 어린애 손만 한 크기로, 최고급품 판매자에
게서 살 수 있는 그 어떤 천문의보다도 훨씬 좋은 물
건이었다. 세심하게 신경 써서 무게를 내 손에 맞추
고 다이얼은 내 손가락에만 반응하게 했으며, 그 흐
름은 너무나 참되어서 아마 앞으로 생길 내 자식 손
자들 대까지 멀쩡할 터였다. 이 천문의는 내가 세 살

때 아버지가 만들어주신 것 대신으로, 떠날 것을 특히 염두에 두고 두 달 전에 내가 새로 만든 것이었다. 천문의에 대고 우리 가족 성을 막 부르려다가 곧 "아니야." 하고 소곤거리고, 천문의를 배 위에 그냥 두었다. 이제 식구들은 행성 몇 개만큼 먼 데에 있었다. 부른들 우는 것 말고 더 뭘 어쩌겠는가? 나는 전원 버튼을 문지르고 말했다. "비상사태." 천문의는 내 손 안에서 따듯해지더니 진동하면서 마음을 차분하게 해주는 장미향을 내었다. 그러더니 도로 식었다. "비상사태." 내가 다시 말했다. 이번에는 따듯해지지도 않았다.

"지도." 내가 말했다. 숨을 참고서 기다렸다. 눈길이 흘끔 문으로 갔다. 글로 읽기로는 메두스가 벽을 통과할 순 없다지만, 아무리 나라도 정보가 책에 실렸다고 해서 꼭 사실이란 법은 없다는 건 알고 있었다. 특히 메두스에 관련된 정보일 땐 더 그렇다. 문을 닫아 잠그긴 했으나, 나는 힘바 사람이니 쿠시족이 제대로 보안이 되는 방을 주긴 했을지 모를 일이었다. 메두스들은 맘만 먹으면 들어오고 말 거다. 아니,

나를 처치하기 위해 죽음을 무릅쓸 수 있다면 들어올 테지. 내가 쿠시인은 아닐지 몰라도…, 쿠시 우주선에 탄 인간이긴 했다.

내 천문의가 문득 따스해지며 진동했다. "목적지 움자 대학행성으로부터 121시간 거리에 있습니다." 내 천문의의 속삭이는 듯한 목소리가 그렇게 말했다. 그러니까, 메두스들은 우주선 위치가 어디인지 내가 알아도 상관없다고 생각했구나. 가상의 별들이 방 안에 흰색과 하늘색, 빨간색, 노란색, 주황색 점들로 반짝 켜졌다. 천천히 자전하는 그 구체들은 큰 파리 정도 크기에서 내 주먹만 한 크기까지였다. 항성들, 행성들, 빛으로 표시된 영역들이 모두 수학적 그물망에 구획되어 있는데 그런 망은 언제나 쉽게 읽을 수 있었다. 우주선은 우리 태양계를 떠나온 지 오래였다. 우리는 "밀림"이라고 불리는 구역 한가운데서 속도를 줄였던 참이었다. 이 우주선을 모는 조종사들은 더 몸을 사렸어야 했다. "그리고 너무 자신만만해하지 않는 게 좋았을걸." 메스꺼운 느낌을 받으며 내가 말했다. 그래도 우주선이 그대로 움자 대학행성을 향해

가고 있긴 했는데, 그걸로 조금은 기운이 났다. 나는
눈을 감고서 일곱에게 기원을 올렸다. "왜 이런 일이
생기게 한 거죠?" 하고 따지고 싶었지만 그건 신성모
독이었다. 왜냐고 물어서는 안 된다. 그건 할 질문이
아니었다.

"난 여기서 죽겠네요."

* * *

72시간 후, 나는 아직 살아 있었다. 하지만 먹을 것
이 다 떨어지고 물도 아주 조금밖에 안 남았다. 나와
내 머릿속 생각들만 밖으로 탈출하지 못한 채 그 작
은 방에 갇혀 있었다. 이젠 그만 울어야 했다, 수분을
잃어도 될 만큼의 여유가 없었다. 화장실이 방을 나
가야 있어서 어쩔 수 없이 아껴 모은 내 구슬 장신구
들 담던 통을 써야만 했다. 이제 내가 가진 건 오치제
가 든 단지뿐으로, 할 수 있는 한 몸을 깨끗이 하기
위해 오치제를 얼마큼은 써버렸다. 나는 걸어다녔고,
방정식을 음송했고, 만약에 목마름과 굶주림으로 죽

지 않는다면 나 자신을 바쁘게 만들려고 신경질적으로 만들어냈다가 없애버리는 흐름들로 인해 불이 붙어 죽을 것이 틀림없다 생각했다.

다시 지도를 보았고 보게 될 줄 알고 있던 것을 보았다. 우리는 여전히 움자 대학교를 향해 가는 중이었다. "하지만 왜지?" 나는 중얼거렸다. "분명히 방위 체계가…."

눈을 감았다. 마음속으로 그 말을 또 한 번 끝까지 할 참인 나 자신을 막고 싶었다. 그렇지만 나 자신을 막을 수 있었던 적이 없는데 이번에도 다르지 않았다. 마음의 눈으로 나는 밝은 노란색 광선이 움자 대학행성에서 쏘아져 나오고 우주선이 소리 없는 방사상의 빛과 불꽃 덩어리가 되어 산산이 흩어져가는 걸 보았다. 일어서서 방 저쪽 끝까지 발을 끌며 걸어갔다 돌아오면서 중얼거렸다. "그렇지만 메두스가 자살하려고 하다니? 전혀 말이 안 되는 이야기잖아. 어쩌면 방위 체계에 대해 모르는 것 아닐까, 어떻게 해야…."

그때 느리게 문 두드리는 소리가 나서 나는 천장까

지 닿을 지경으로 펄쩍 뛰었다. 그러고 나선 얼어붙어 있었다. 온몸으로 귀 기울였다. 최초의 24시간 이후로는 내 목소리 말고 다른 소리는 전혀 듣지 못한 터였다. 다시 문 두드리는 소리가 났다. 마지막에 가서는 소리가 험악해져 걷어차는 소리에 가까웠다. 그렇지만 바닥 가까운 쪽에서 난 것은 아니었다.

"드, 들어오지 마!" 고함을 지르면서 내 에단을 움켜쥐었다. 내 말에 대한 답은 쾅 하고 문을 치는 소리와 냉혹함이 섞인 성난 쉬익 소리였다. 나는 찢어지는 비명을 지르고 방 안 공간이 허락하는 대로 문에서 멀리 떨어지려다가 하마터면 제일 큰 짐가방에 걸려 넘어질 뻔했다. 생각해. 생각해. 생각해. 무기라 할 게 없었다, 에단 말고는… 그런데 에단이 어떻게 해서 무기가 되는지 나는 몰랐다.

모두 다 죽었다. 내가 안전한 곳에 이르든, 폭발에 날아가버리든, 그 때까지 아직 48시간 정도가 남았다. 이기지 못할 싸움에서 자기가 어떻게 대처할지는 결코 미리 알 수 없는 일이라고들 한다. 하지만 나는 항상 죽임당할 때까지 싸우리라는 걸 믿어 의심치 않았다. 자살한다거나 포기하고 죽는다는 건 절대 있을 수도 없는 일이었다. 난 싸울 준비가 돼 있다고 확신했다. 하지만 메두스는 대단히 지능적이었다. 나를 죽일 방법을 찾아낼 터였다. 설령 내게 에단이 있다 해도.

그랬는데도, 나는 손에 잡히는 대로 무기를 집어 들지 않았다. 미친 사람처럼 마지막으로 맹렬히 맞서 싸울 준비를 하지 않았다. 그러기는커녕, 내게 올 죽음을 그대로 마주 바라보았다. 그리고… 그러고는 거기에 항복했다. 나는 침대에 걸터앉아 죽음을 기다렸다. 벌써 내 몸이 내 것이 아닌 것처럼 느껴졌다. 그냥 놓아버렸다. 그리고 그 순간에, 깊이 순응해버린 채, 내 에단에 시선을 두고 거기에서 가지 쳐 뻗어 나와 쪼개지고 갈라지는 푸른색 프랙탈을 물끄러미 응시했다. 그러다 보았다.

정말로 보았다.

그러자 웃음밖에 나오지 않았다. 나는 생각했다. 어째서 몰랐을까?

* * *

창 옆 착륙용 의자에 앉아서 오치제를 이겨 땋은 머리 가닥에 붙였다. 붉게 물든 양손을 보다가, 코에 대고 냄새를 맡았다. 달콤한 꽃과 사막의 바람과 흙의 노래를 부르는 기름 섞인 점토. 고향이구나. 나는 생각했다. 눈시울이 시큰해왔다. 떠나는 게 아니었다. 나는 에단을 집어 들고 아까 보았던 것을 찾았다. 에단을 눈앞에 놓고 돌려 보고 또 돌려 보았다. 내가 문질러도 보고, 눌러도 보고, 들여다보았던, 그 여러 해 동안을 곰곰히 궁리해본 꼭짓점 여러 개짜리 파란 물체.

문에서 또 쿵쿵대는 소리가 났다. "들어오지 마." 약한 소리로 두덜거렸다.

나는 오치제를 에단의 한 꼭짓점에 문질러 발랐다. 항상 지문을 연상케 하던, 나선 무늬가 있는 꼭짓점이다. 나는 천천히 원을 그리는 동작으로 문질러 넣었다. 마음이 차분해지면서 어깨의 긴장이 풀렸다. 그러자 마치 돌멩이 하나가 깊은 물에 풍덩 빠져 들어가듯이 굶주리고 목마른 나의 두뇌가 수학적 트랜스 상태에 빠져들었다. 거기에 가라앉고 가라앉고 가라앉으며 물이 나를 감싸오는 게 느껴졌다.

흐렸던 정신이 말갛게 되면서 모든 것이 고요해지고 이내 정지했다. 내 손가락은 그대로 에단을 윤 내고 있었다. 나는 고향의 냄새를 맡았다. 사막에 부는 바람이 서로서로 모래 알갱이들을 띄워 건네는 소리를 들었다. 더 깊이 떨어져 내려가면서 뱃속이 울렁거리고 전신이 쾌적하고 순수하고 텅 비어 가벼워진 느낌이 들었다. 손 안의 에단은 무거웠다. 어찌나 무거운지 내 살을 뚫고 뚝 떨어져버릴 것 같았다.

"아." 나선 문양 한가운데에 조그만 버튼이 생긴 것을 알아차리자 탄성이 나왔다. 아까 본 게 이거였다. 계속 거기 있었던 것이지만 이제 거기에 초점이 맺힌 것처럼 또렷했다. 검지로 그걸 눌렀다. 작게 달각 소리가 나며 버튼이 들어가더니, 돌멩이가 따스한 밀랍 같아지며 나의 세계가 출렁거렸다. 또다시 문을 두드리는 큰 소리가 났다. 그에 이어 내가 여태껏 겪어본 것 중 가장 명징한 정적, 어찌나 맑은지 아주 작은 소리만 나더라도 천처럼 죽 찢어질 것만 같은 정적을 뚫고서 낮고 견고하고 기름기 있는 음성이 이렇게 말하는 게 들렸다. "여자애야."

나는 빠져 있던 트랜스 상태에서 투석기로 쏘아낸 듯이 튕겨 나왔다. 두 눈이 휘둥그레지고, 소리 없는 비명으로 입이 딱 벌어졌다.

"여자애야." 다시 말이 들렸다. 메두스에게 죽임 당한 사람들의 마지막 단말마는 72시간도 더 전의 일이다. 그 이후로 사람 목소리는 들어보지 못한 터였다.

방 안을 둘러보았다. 혼자였다. 천천히, 몸을 돌려서 옆에 있는 창문 밖을 내다보았다. 바깥에는 우주의 암흑 말고는 보이는 게 없었다.

"여자애야. 너는 죽게 된다." 목소리가 천천히 말했다. "이제 곧이다." 다른 목소리들이 더 들려왔지만 너무 작아서 무슨 말인지 알 수 없었다.

"고통받는 것은 도리에 맞지 않아. 우리가 끝장 내게 해다오."

나는 벌떡 뛰어 일어났고, 피가 왈칵 쏠리는 바람에 그대로 넘어져 바닥에 온몸으로 패대기쳐질 뻔했다. 그러지는 않은 대신 두 무릎을 아프게 찧으면서 넘어졌지만 에단은 그대로 꽉 쥐고 있었다. 또다시 문 두드리는 소리가 났다. "이 문 열어라." 목소리가 명령했다. 내 두 손이 떨려오기 시작했지만 에단을 떨어뜨리지는 않았다. 에단은 따스했고 이제 밝은 청색광이 그 속에서 빛나고 있었다. 한 줄기 흐름이 그것을 관통하여 몹시도 안정적으로 흐르고 있어 내 손의 근육이 오그라들었다. 놓으려고 했더라도 놓을 수 없었을 것이다.

"안 열어." 악문 이 사이로 내가 말했다. "차라리 여기서 죽겠어, 나 할 대로 하다가."

두드리던 소리가 멎었다. 이어서 몇 가지 소리들이 한꺼번에 들렸다. 문가에서 툭탁거리는 기척이 있었다. 문으로 몰려드는 것이 아니라 물러나는 소리였다. 기겁한 신음 소리와 우는소리. 더 많은 말소리들. 서너 개는 되었다.

"이건 악이야!"

"저것은 흉물을 가지고 있어요." 다른 목소리가 말했다. 들은 것 중 처음으로 음조가 높아 여성 같기까지 한 목소리였다. "저 여자애가 가진 흉물이 말을 흉내 내게 해주는 겁니다."

"아니야. 그러려면 그럴 만한 지각이 있어야 하는데." 다른 목소리가 말했다.

"악이에요! 내가 문을 끄고 저것을 죽이겠어요."

"오크우, 그랬다가는 네가 죽어, 그…."

"내가 죽일 겁니다!" 오크우라고 불린 놈이 으르렁거렸다. "죽음은 나에게 영광이에요! 이제 너무 가까워졌어요. 이렇게 그냥 내버려둘 수는…."

"나를 말이지!" 내가 불현듯 버럭 소리쳤다. "오…오크우!" 그것의 이름을 부르자니, 그것을 그렇게 직접 지목해서 소리를 내려 하니 입에 설었다. 나는 계속 말했다. "오크우, 나하고 얘기해보지 그래?"

나는 꽉 오그라든 양손을 내려다봤다. 그 손 안에서, 내 에단에서, 어쩌면 내가 지금까지 만들어낸 흐름 가운데 가장 강력할지 모를 흐름이 들쭉날쭉 연결된 밝은 청색 가지들을 타고 흘러나왔다. 그 흐름은 서서히 새긴 듯이 뚜렷해지며 닫힌 문틈으로 뻗어 나갔다. 모양을 바꾸면서도 연결은 끊어지는 법

이 없는, 이어져 있는 밝은 청색 나무 형태의 가지들
이 주르르…, 그 흐름이 메두스를 건드리고 있었다.
그들을 나와 연결하고 있었다. 내가 만들어낸 흐름인
데도, 이젠 내가 그걸 조종할 수 없었다. 나는 악 소
리를 지르고 싶었다, 반발해 싸우고 싶었다. 하지만
우선은 내 목숨부터 건져야 했다. "너한테 말을 하잖
아!" 내가 말했다. "내가!"

　침묵.

　나는 천천히 일어섰다. 심장이 두방망이질쳤다. 아
픈 다리를 후들거리며 나는 휘청휘청 닫힌 문으로 갔
다. 문을 이룬 유기 강철은 무척 얇았지만 우리 행성
에서 가장 단단한 물질 중 하나였다. 흐름이 문에 닿
은 곳에는 조그마한 녹색 잎들이 피어났다. 나는 그
것들을 만져보았다. 초소통 전도체인 금박이 문에 덮
여 있다는 사실이 아니라 잎들에 집중하며 만졌다.
내 방 문 바로 밖에 메두스가 있다는 것도 신경 쓰지
않았다.

　스르륵 스치는 소리가 났고, 화들짝 물러나지 않으
려고 온 힘을 다했다. 에단을 꽉 쥐면서 콧방울을 벌

름거렸다. 어깨에 얹히는 머리카락의 무게가 든든했다. 내 머리카락은 오치제 때문에 무거웠고, 이것은 우리 민족 사람들에게 행운과 힘을 뜻했다. 아무리 내 동포들이 멀고 먼 곳에 있을지라도 말이다.

무언가 딱딱하고 굳센 것이 문을 때리는 요란한 꽝소리에 나는 꽥 소리를 지르고 말았다. 나는 그대로 그 자리에 멈춰버렸다. "악한 것아." 오크우라고 불린 메두스가 말하는 소리가 들렸다. 목소리가 많아도 저 목소리 하나는 구분이 갔다. 제일 성이 났지만 가장 겁에 질린 목소리이기도 했다. 음성은 실제 소리로 들렸고 마음속에 전해지는 것이 아니었다. '악'이라고 할 때 '크' 하는 진동음이 들리고 '것아' 할 때 숨을 뱉으며 거세게 나오는 '스' 소리가 들렸다. 메두스에게 입이 있었나?

"난 악하지 않아." 내가 말했다.

문 뒤에서 소곤거리는 소리, 스륵스륵 하는 소리가 들렸다. 그러고 나서 한결 여성 같은 목소리가 말했다. "이 문 열어라."

"싫어!"

메두스들이 자기들끼리 두덜두덜 말을 주고받았다. 몇 분이 지났다. 나는 바닥에 주저앉아 문에 기댔다. 파란 흐름도 나와 함께 내려와, 내 어깨 쯤에서 문을 통과해 흘러갔다. 거기에 녹색 잎들이 추가로 피어나고, 몇 장은 내 어깨에서 무릎으로 떨어졌다. 나는 머리를 문에 괴고서 물끄러미 그 잎들을 굽어보았다. 내가 이렇게 죽음에 가까이 와 있는 이때, 그 조그만 녹색의 생명을 띤 잎들이라니. 킬킬 웃으려니까 주린 창자가 꾸르륵 소리를 내고 배 근육이 아팠다.

이윽고, 조용히, 차분하게, "우리 말을 알겠어?" 하는 소리. 이것은 날 보고 악하다고 욕을 하며 으르렁대던 목소리였다. 오크우다.

"그래." 내가 말했다.

"인간이 아는 건 폭력뿐인데."

나는 두 눈을 감았고 약해진 내 몸의 긴장이 풀리는 걸 느꼈다. 한숨을 쉬고 말했다. "내가 죽인 것이라고는 오직 식량으로 삼을 작은 동물들뿐이고, 자비를 베풀어 빠르게 처리하고 기도를 한 후에, 또 그 짐승에게 희생을 고마워하면서 죽였을 뿐이야." 진이 다 빠져 기운이 하나도 없었다.

"네 말 안 믿어."

"문을 열어도 너희가 나를 죽이지 않을 거라는 걸 내가 안 믿는 거나 똑같네. 너희들이 하는 일은 죽이는 게 다잖아." 눈을 떴다. 아직 남아 있는지도 몰랐던 힘이 몸을 뚫고 넘실댔고, 너무 화가 나서 숨이 탁탁 막혔다. "너희가… 너희가… 내 친구들을 죽인 걸 봐!" 기침이 났고 몸이 힘없이 구부러졌다. "내 친구들을." 속삭이는 소리로 말했다. 두 눈에 눈물이 차올랐다. "아아, 내 친구들을!"

"인간들은 죽여야만 해, 그것들이 우리를 죽이기 전에 말이지."

"너희는 전부 멍청이야." 계속 흐르는 눈물을 훔치면서 내가 내뱉었다. 나는 심하게 흐느껴 울다가 이어서 숨을 깊이 들이마시며 정신을 가누려고 애썼다. 소리 내어 숨을 내쉬자, 코에서 콧물이 튀었다. 팔로 얼굴을 닦는 동안 속닥거리는 소리가 더 났다. 그러고 나서 음조가 높은 음성이 말했다. "우리 사이에 의

사소통을 할 수 있게 네가 내보낸 이 파란 유령은 뭐지?"

"몰라." 코를 훌쩍이며 내가 말했다. 나는 일어서서 침대로 걸어갔다. 문에서 떨어지자마자 기분이 나아졌다. 파란 흐름은 나를 따라 늘어졌다.

"어째서 우리가 네 말을 알아듣는 거지?" 오크우가 물었다. 이 자리에서도 그것의 목소리가 완벽하게 잘 들렸다.

"그건… 몰라." 침대에 앉으면서 말하고, 곧 드러누웠다.

"인간하고 이야기를 해본 메두스가 없었는데… 한참 옛날 일이 아니고선."

"신경 안 써." 부루퉁하게 대꾸했다.

"문 열어. 해치지 않을게."

"싫어."

긴 침묵이 있었다. 어찌나 길었는지 내가 깜박 잠이 들었던 모양이다. 삑 하고 무언가가 흡착되는 소리에 잠이 깼다. 처음에는 미처 그 소리 생각을 못 했다. 얼굴에 말라붙은 콧물을 팔로 닦아내느라고 한

박자 늦었던 것이다. 우주선은 온갖 소리를 내고 있었다. 메두스 습격 전에도 말이다. 살아 있는 생물이니까 다른 어떤 동물이나 마찬가지로 내장에서 한번씩 꾸륵 소리도 나고 부르르 떨리기도 하고 그랬다. 그러다 흡착음이 더 커지는 바람에 똑바로 일어나 앉았다. 문이 진동했다. 약간 휘어 나가는가 싶더니 곧 완전히 우그러졌다. 바깥쪽의 금도금이 이제 눈에 보였다. 내 방 안의 묵은 공기가 일거에 복도로 빨려 나가며 금세 한층 시원해지고 냄새가 상쾌해졌다.

거기에 메두스가 서 있었다. 몇 개체나 되는지 가늠이 되지 않았다. 왜냐하면 몸이 투명해서 한데 어울려 서 있으면 내 눈에 보이는 건 하나로 뭉친 투명한 촉수 다발과 불룩불룩한 갓 부분이 다였기 때문이다. 나는 에단을 꽉 쥐어 가슴에 대고 방문 맞은편 벽에 있는 창문에 바싹 붙었다.

사막 늑대들이 밤을 틈타 길 가는 사람들을 습격하는 것만큼이나 빠르게 일이 벌어졌다. 메두스 하나가 나를 향해 돌진했다. 나는 그것이 덤벼오는 걸 그대로 보았다. 우리 부모님, 언니, 오빠, 이모, 고모, 삼촌, 외삼촌 들이 모두 다 슬픔과 상실감에 차 나를 애도하러 한데 모인 광경이 눈에 선했다. 내 영혼이 몸에서 풀려나 우리 행성으로, 사막으로, 내가 사막 사람들에게 이야기를 전해줄 그곳으로 돌아가는 게 보였다.

시간이 느려진 게 분명했다. 메두스가 꼼짝하지 않았으니까. 하지만 별안간 그것이 여러 개의 촉수를 내 머리로부터 위로 한 치 간격에 띄워 두고 얼씬얼씬거렸다. 나는 숨을 삼켰다. 고통을, 그에 이어 죽음을 맞이할 각오를 단단히 했다. 분홍색으로 시든 그것의 촉수가 내 팔을 쓸고 갔다. 제법 힘 주어 쓸고 지나가 팔에 발랐던 오치제가 조금 벗겨졌다. 부드럽네. 나는 생각했다. 매끈하구나.

이제 너무나도 가까웠다. 사진이나 오락 프로그램에서나 보았던 그 얼음 같이 새하얀 침은 내 다리보다도 길었다. 나는 촉수 다발 속에서 툭 불거져 나온 그것을 응시했다. 그 침이 쩍쩍 갈라지며 말라버렸다. 흰 안개 같은 것이 한 줄기 부스스 벗겨져 나와 날렸다. 내 가슴에서 몇 치 떨어지지 않은 데서. 이제 침은 흰색에서 탁한 연회색으로 변했다. 나는 꽉 오그라져 붙은 내 두 손을, 그 사이의 에단을 내려다봤다. 거기에서 흘러나오는 흐름이 그 메두스를 훑어내리고 뒤까지 뻗어 나갔다. 그때 나는 그 메두스를 올려다보고 씩 웃었다. "아팠으면 좋겠네." 내가 속삭였다.

촉수들을 부르르 떨더니 메두스가 뒤로 물러나기 시작했다. 나는 오그라든 분홍색 촉수를, 그 한 부분에 내 빨간 오치제가 묻은 것을 볼 수 있었다.

"너는 악의 근원이야." 그것이 말했다. 오크우라고 불리던 녀석이었다. 나는 깔깔 웃을 뻔했다. 어째서 이 메두스는 이렇게나 심하게 날 미워할까?

"저 여자애가 아직도 흉물을 가지고 있지 않니." 문 가까이에서 한 메두스가 말하는 소리가 들렸다.

오크우는 나에게서 떨어지면서 비로소 정신을 차려갔다. 그 녀석은 순식간에 다른 메두스들과 함께 가버렸다.

***

열 시간이 지났다.

나한테는 식량이 남아 있지 않았다. 물도 없었다.
가진 물건으로 짐을 꾸리고 또다시 꾸렸다. 계속 바
삐 무엇을 함으로써 탈수와 기아를 조금은 늦출 수
있었다. 계속해서 소변을 보아야 해서 자꾸만 궁지에
몰렸다는 걸 상기하게 되기는 했지만… 게다가 에단
의 흐름이 아직까지도 내 손 근육을 놓아주려고 하지
않아서 움직이는 게 영 불편했는데, 그래도 어찌저찌
해냈다. 나는 내 공포에 흠뻑 빠져버리지 않고자 애
를 썼다. 메두스가 방법을 찾아 우주선을 조작해서
공기 생산과 환기와 내부 기압 유지를 멈춰버린다든
가, 아니면 그냥 다시 와서 나를 죽일 거라는 공포 말
이다.

짐을 싸고 또 싸고 하지 않을 때는 내 에단을 물끄
러미 들여다보고 있었다. 그걸 탐구했다. 에단에 새
겨진 문양들은 이제 흐름 때문에 빛이 났다. 나는 에
단이 어떻게 메두스와 의사소통을 가능하게 하는지
알아야만 했다. 시험 삼아 이런저런 쉬운 등식을 써
보았지만 아무런 응답이 없었다. 한동안 시간이 지나

심지어 어려운 등식들도 듣는 기미가 없자 나는 침대에 드러누워 나무되기에 몸을 맡겼다. 그 메두스가 들어왔을 때의 내 상태는 이랬다.

"그게 뭐야?"

나는 비명을 질렀다. 그때까지 창밖을 물끄러미 내다보던 차라, 눈으로 보기보다도 말소리를 먼저 들었기 때문이다. "뭐가?" 숨이 턱에 차서 깩 소리를 쳤다. "난… 뭐냐니, 뭐가?"

오크우, 나를 죽이려고 했던 녀석. 물러갈 때 모습과는 딴판으로 그 녀석은 그야말로 생생했다. 침이 보이지 않기는 했지만.

"네 살갗에 있는 물질이 대체 뭐야?" 딱 떨어지는 물음이었다. "다른 인간들은 아무도 그런 게 없는데."

"물론 그 사람들한테는 없지." 내가 쏘아붙였다. "이건 오치제야. 우리 민족 사람들만 이걸 몸에 바르지. 우주선 안에서 나 한 명만 우리 민족이거든. 나는 쿠시인이 아니고."

"그게 뭐지?" 녀석이 그대로 문간에 남아 물었다. "왜?"

녀석은 내 방 안으로 들어왔고 나는 에단을 쳐들며 얼른 말했다. "주로… 주로 우리 고향에서 나는 점토하고 기름으로 돼 있어. 영토가 사막이긴 하지만 우린 신성한 붉은 점토가 나는 지역에 살아."

"왜 그걸 살에 바르지?"

"왜냐하면 우리 민족은 흙의 아들딸들이니까." 내가 말했다. "그리고… 그리고 바르면 아름다우니까."

녀석은 꽤 뜸을 들였고 나는 그저 바라보고만 있었다. 정말로 그것을 제대로 쳐다보았다. 그것은 내 눈으로는 구분되지 않았지만, 앞과 뒤가 있는 것처럼 움직였다. 그리고 완전 투명인 것 같아도, 축축 늘어진 촉수 자락 속에 녀석의 단단한 흰색 침은 볼 수 없었다. 내가 한 말을 생각하는 건지 아니면 어떻게 나를 죽여야 제일 잘 죽이는 걸까를 생각하는지 모를 일이었다. 하지만 조금 있다가 녀석은 몸을 돌려 가버렸다. 그리고 그때로부터 몇 분이 지난 후, 내 심장 박동이 느려졌을 때 비로소 나는 무언가 이상한 걸 알아차렸다. 못 쓰게 시들었던 그것의 촉수가 그렇게 시들어 보이지 않았다는 것이다. 촉수 하나가 바짝 오그라들어 있었는데 이제는 그냥 구부러진 정도였다.

＊＊＊

녀석은 15분 후에 다시 왔다. 그래서 그 즉시, 내가
본 게 정말인지 확인하려고 찾아보았다. 그랬더니 있
었다, 분홍색이고, 그렇게 심하게 비틀어져 오그라붙
지 않은 상태였다. 저 촉수가 어쩌다 내 몸에 닿아서
오치제를 문질러 벗겼을 때는 저렇지 않았다.

"좀 줘봐." 내 방으로 들어오면서 그것이 말했다.

"더는 없어!" 나는 질겁했다. 내가 가진 건 큰 단지
한 개 분량의 오치제뿐이었다. 한 번에 만들어본 양
의 최대치였다. 그거면 움자 대학행성에서 붉은 점토
를 찾아내어 더 만들 때까지는 떨어지지 않을 터였다.
그렇다 해도 과연 딱 맞는 점토를 찾아낼 수 있을지는
확신할 수 없었다. 어쨌든 다른 행성인 것이다. 어쩌
면 거기에는 점토가 아예 없을지도 몰랐다.

온갖 준비를 해왔지만 충분히 시간을 들여 대비하
지 못한 것이 하나 있다. 움자 대학행성 그 자체를 조

사하는 일이었다. 거기에 가는 데에만 죽어라 집중했기 때문이다. 내가 아는 것은 그 행성이 지구보다 훨씬 작기는 하지만 대기 조건이 비슷해서 특수복을 입거나 호흡기를 달지는 않겠구나 하는 정도가 다였다. 그렇지만 그 행성의 표면이 내 피부는 견디지 못할 무언가로 되어 있을 가능성은 얼마든지 있었다. 내 오치제를 이 메두스에게 전부 줘버릴 순 없었다. 이건 내 문화였다.

"족장님이 너희 민족을 아셔. 넌 그걸 잔뜩 가지고 있어."

"너희 족장이 우리 민족을 안다면, 나에게서 그걸 뺏는 건 내 영혼을 빼앗아 가는 것과 같다고 훈계하실 거야." 내가 말했다. 목소리가 갈라졌다. 내 오치제 단지는 침대 밑에 있었다. 나는 에단을 쳐들었다.

그렇지만 오크우는 가지도 않고 다가오지도 않았다. 녀석의 구부러진 분홍색 촉수가 꿈틀 했다. 나는 기회를 잡아보기로 했다. "그게 좀 낫게 해줬지, 안 그래? 네 촉수 말이야." 오크우는 머금었던 기체를 크게 뻐끔 내뱉더니, 도로 빨아들이곤 가버렸다.

녀석은 5분 후에 다른 메두스 다섯을 데리고 문간
으로 돌아왔다.

"그 물체는 무엇으로 만들어져 있지?" 오크우가 물
었다. 다른 메두스들은 말없이 그 뒤에 서 있었다.

나는 아직 침대에 있었고 두 다리를 이불 밑으로
넣었다. "몰라. 그렇지만 예전에 어떤 사막 여자가 말
하기를 '신의 돌'이라는 걸로 되어 있댔어. 우리 아버
지는 세상에 신의 돌 같은 것은 없다고…."

"그건 흉물이야." 오크우가 우겼다.

메두스들 중 누구도 내 방 안으로 들어오려 하지
않았다. 그중 셋은 크게 푸슉 푸슉 소리를 내면서 날
숨으로 냄새가 지독한 기체를 내뿜었다.

"날 살아 있게 지켜주는 물체가 흉할 일은 없어."
내가 말했다.

"그건 메두스를 중독시켜." 다른 메두스 중 하나가
말했다.

"너희들이 나에게 너무 가까이 오면 그러지." 그 메
두스를 똑바로 보면서 내가 말했다. "너희들이 나를
죽이려고 할 때만 그래."

82

잠시 침묵이 흘렀다.

"너는 어떻게 우리와 의사소통하는 거야?"

"나도 몰라, 오크우." 나는 그것의 이름이 내 것인 양 불러댔다.

"너는 뭐라고 부르지?"

온몸의 뼈들을 침대로 끌어내리려는 피로를 이겨 내고서, 나는 자세를 꼿꼿하게 하고 앉았다. "나는 나미브의 빈티 에케오파라 주주 담부 카입카야." 나에 비해 그들의 문화가 단순하다는 점을 반영하는 오크우의 달랑 한 개뿐인 이름을 부를까도 생각해봤지만, 내 힘과 허세는 벌써 사그라지고 있었다.

오크우가 앞으로 움직여 왔고 나는 에단을 쳐들었다. "오지 마! 이것에 당하면 어떻게 될지 알지!" 내가 말했다. 하지만 오크우는 다시 나를 공격하려 하진 않았다. 그렇다고 오던 중에 쭈그러들기 시작한 것도 아니기는 했지만. 그것은 몇 자 거리에서 멈췄다. 벽에서 튀어나온 금속 탁자 옆이었고, 거기에는 내 짐가방 하나가 열린 채 물통 하나와 함께 놓여 있었다.

"너 필요한 게 뭐야?" 오크우가 무덤덤히 물었다.

나는 응시하면서, 선택지들을 비교했다. 재어볼 여지가 없었다. "물과 먹을 것." 내가 말했다.

더 할 말을 찾기도 전에 그것은 떠나갔다. 나는 창에 몸을 기대고 밖의 암흑을 내다보지 않으려고 애썼다. 나 있는 데서 몇 자 안 떨어진 데에 문짝이 한쪽으로 우그러져 있었다. 죽을지 살지 내 운명은 이제 내 소관이 아니었다. 나는 벌렁 드러누워 우주선이 지구를 떠난 후로 그렇게 자본 적이 없을 정도로 깊은 잠에 빠졌다.

* * *

희미한 연기 냄새가 나를 깨웠다. 침대 위에 접시가 놓여 있었다, 바로 내 코 앞이었다. 접시 위에는 훈제 생선 작은 토막이 놓여 있었다. 그 옆에는 물 한 사발도 있었다.

나는 일어나 앉았다. 아직도 에단을 단단히 움켜쥔 채였다. 나는 앞으로 몸을 구부려 사발에서 마실 수 있는 한껏 물을 빨아 마셨다. 그러고 나서, 에단은 그대로 가진 채로, 아래팔을 한데 붙여 애를 써가며 그 위에 음식을 올렸다. 생선 살을 집어 올리고는 몸을 굽혀서 한 입 물었다. 훈제 향이 나는 짭짤한 맛이 내 미뢰들을 휩쓸고 터져 나왔다. 승선한 요리사들은 이 물고기들이 튼튼하게 자라서 실컷 짝을 짓도록 잘 먹였다. 그러고 나서 물고기를 다시는 깨어나지 못할 잠에 들게 한 뒤 저속으로 조리했다. 맛이 좋아지도록 충분한 시간을 들여. 그렇지만 식감이 그대로 남도록 너무 길지는 않게. 나는 생선을 먹기에 앞서 건전한 힘바 사람이면 누구나 그럴 것처럼 요리사들에게 처리 과정을 물어본 바 있었다. 요리사들은 전원 쿠시 사람들이었고, 쿠시인은 그들이 '미신적인 의식'이라 부르는 것을 보통은 안 했다. 그렇지만 이 요리사들은 움자 대학교 학생이었던 사람들로서 자기들은 그 과정을 거친다고 했다. 심지어 물고기를 달래어 잠들게 하는 것도 비슷한 방식으로 한다고 했다. 나는 또 한 번 내가 진로를 옳게 잡았구나 확신했다.

생선은 맛있었지만 가시가 너무 많았다. 탄력은 있지만 억센, 기다란 가시 하나를 혀를 써서 이에서 빼

내려고 하던 차였다. 나는 시선을 들어 문간에서 머뭇거리는 메두스를 알아차렸다. 그게 오크우인 걸 아는 데는 시든 촉수를 볼 것도 없었다. 깜짝 놀라 헉숨을 삼키다가 하마터면 생선 뼈가 목에 걸릴 뻔했다. 남은 건 내려놓고, 문제의 가시는 뱉고, 말을 하려고 입을 벌렸다. 그랬다가 다물었다.

내가 아직 살아 있다니.

오크우는 움직이지도 말을 하지도 않았다. 파란 흐름이 아직 우리를 연결하고 있기는 했지만… 잠시 시간이 흐르고, 오크우는 제자리에서 머뭇거리며 숨을 쉬느라 냄새 지독한 날숨을 내보내고, 나는 입 안팎의 생선 부스러기들을 다 빨아 삼키며 혹시 이게 내가 마지막으로 먹는 밥인가 생각했다. 잠시 후에, 나는 아래팔을 모아 먹다 남은 덩어리를 집어 올리고 먹기를 계속했다.

"있지." 마침내, 침묵을 메꾸려고 내가 말했다. "우리 마을에는 대대로 호숫가에 살아온 사람들이 있어." 나는 메두스를 쳐다봤다. 반응이 없었다. "그이들은 호수에 있는 물고기라면 다 알지." 내가 말을 이었다. "그 호수에 잔뜩 나는 물고기가 있는데 그 사람들이 잡아서 훈제하거든, 이렇게 말이야. 딱 하나 다른 점은 우리 쪽 사람들은 솜씨가 아주 좋아서 가시가 하나도 없게 미리 준비를 한다는 거야. 뼈를 전부 빼버리지." 나는 이 사이에 낀 가시 하나를 뽑아냈다. "그 사람들은 그 물고기를 연구했어. 수학적으로 착착 작업을 해왔지. 그 사람들은 생선 뼈 하나하나가 어디에 있는지 다 알고 있어. 나이가 어떻든, 크기가 어떻든, 암컷이든 수컷이든 상관없이 말이야. 그 사람들은 살점을 흐트리는 일 없이 하나하나 쏙 들어가서 뼈를 집어내. 정말 맛있다니까!" 나는 남은 생선 뼈를 내려놓았다. "이것도 맛있었어." 망설이다가 덧붙여 말했다. "고마워."

오크우는 움직이지 않았다. 그대로 제자리에 둥실둥실 떠서 기체를 풍풍 내뿜을 뿐이었다. 나는 일어서서 쟁반을 엎어둔 받침대가 있는 곳으로 걸어갔다. 몸을 숙여 이 그릇에 담긴 물도 쭉 빨아 마셨다. 벌써부터 훨씬 힘이 나는 기분이 들고 정신도 한결 또렷해졌다. 그것이 말을 하는 바람에 흠칫 소스라쳤지만.

"널 그냥 죽어버릴 수 있으면 좋을 텐데."

나는 멈칫했다. "우리 어머니가 늘 말씀하시는 것처럼, '소원이야 누군들 못 해보겠니'네." 내가, 어금니 쪽에 낀 마지막 생선 살을 건드리면서 말했다.

"너는 움자 대학교의 인간 학생 같지가 않아." 그것이 말했다. "몸 색깔이 더 진하고 또…" 기체를 커다란 덩어리로 팍 뱉어낸 탓에 나는 오만상을 찡그리지 않기 위해 안간힘을 썼다. "너한테는 오쿠오코가 있지."

나는 그 낯선 단어에 미간을 찌푸렸다. "오쿠오코가 뭐야?"

그랬더니 그때에야 비로소, 내가 깬 후 처음으로 그것이 움직였다. 기다란 촉수들이 장난스럽게 꿈틀거렸고 내 입에서는 참을 사이도 없이 절로 웃음이 터졌다. 그것은 빠르게 연속적으로 기체를 퐁퐁퐁퐁 뱉어냈고 깊게 둥둥거리는 소리를 냈다. 이 모습에 나는 좀전보다도 더 심하게 웃고 말았다. "내 머리카락 말이야?" 내가 굵게 땋은 머리 가닥들을 흔들면서 물었다.

"맞아, 오쿠오코." 그것이 말했다.

"오쿠오코." 내가 말했다. 솔직히 그 발음이 마음에 들었다. "어째서 단어가 다른 거지?"

"모르겠네." 그것이 말했다. "나한테도 네 말은 우리 언어로 들리거든. 그런데 네가 오쿠오코라고 말할 때 들리는 단어는 그냥 오쿠오코야." 잠깐 말이 끊겼다. "쿠시족은 네가 먹은 생선 살 색깔이지. 너는 그 물고기 겉껍질 색 같은 붉은 갈색이야. 그리고 메두스처럼 오쿠오코가 있어. 작긴 해도."

"인간에는 여러 종류가 있어." 내가 말했다. "우리 민족 사람들은 보통 우리 행성을 떠나지 않아." 메두스 몇 개체가 문으로 오더니 북적이며 안으로 들어왔다. 오크우는 더 가까이 오며 숨을 또 내쉬었다가 들이쉬었다. 이번에는 독한 악취에 결국 기침을 하고 하고 말았다.

"너는 왜 떠나왔지?" 그것이 물었다. "아마 네가 너희 민족 중에서 제일 악한 것인가 보군."

나는 찌푸린 눈으로 오크우를 보았다. 뭔가 알 것 같았다. 오크우가 말하는 걸 들어 보면 우리 오빠들 중 한 명, 베나 오빠 같았다. 겨우 3년 터울이지만 베나 오빠하고는 자라면서 서로 그리 정다웠던 적이 없다. 베나 오빠는 심통을 내며 우리 민족 사람들이 항상 주류인 쿠시 사람들에게 이렇게 저렇게 몹쓸 취급을 당한다는 이야기를 했다. 엄연히 우리가, 우리의 천문의가 있어야 살 수 있는 사람들이 그런다며 말이다. 베나 오빠는 번번이 쿠시족은 악독하다 욕했다. 한번도 쿠시인들 사는 데 가본 일이 없고 쿠시 사람은 아무도 아는 사람이 없으면서. 오빠의 분노는 정당했다. 그렇지만 오빠가 하는 말은 전부, 자기가 정말로 알지는 못하는 것으로부터 나왔다.

심지어 내가 봐도 오크우가 이 메두스들 사이에서 연장자는 아니란 걸 알 수 있었다. 오크우는 성미가 너무 급하고 또… 내가 보기에 뭔가 나 같은 데가 있었다. 어쩌면 호기심일지도. 내가 오크우였다면 나역시 제일 먼저 이 생경한 인간을 살펴보러 왔을 거라는 생각이 들었다. 아버지는 나한테 네 호기심이야말로 최후의 장애물이고 그걸 극복해야만 진정한 숙련 조율사가 될 것이라고 말씀하셨다. 아버지 의견과

내 의견이 다른 게 딱 한 가지 있다면 바로 이 점이
었다. 나는 호기심이 풍부해서 위대한 경지를 모색해
야지만 위대해질 수 있을 것이라고 믿었다. 오크우는
젊었다. 나처럼 말이다. 그러니 어쩌면 그게 오크우
가 죽더라도 다른 이들에게 자기 가치를 증명해 보이
려고 안달하는 이유고, 그러거나 말거나 다른 메두스
들이 가만히 있는 이유일지 몰랐다.

"너는 나에 대해서 아무것도 몰라." 내가 말했다.
저절로 후끈 화가 났다. "이 우주선은 전함이 아니야.
이 배에는 교수들이 가득 탔다고! 학생들이 탔어! 전
부 죽었지! 너희들이 모조리 다 죽여버렸어!"

오크우는 클클 웃는 것 같았다. "너희 조종사는 안
죽었어. 그 개체는 쏘지 않았어."

그리고 그때 불현듯 나는 깨달았다. 메두스들은 보
안망을 통과하게 될 터였다. 보안 부서 사람들이 이
우주선에 살아서 숨을 쉬는, 아직 살해당하지 않은
교수들과 학생들이 가득 타고 있다고 생각한다면 말
이다. 그러면 메두스가 움자 대학행성을 침공할 수
있게 된다.

"우리에게 너는 필요없어. 그렇지만 그 개체는 유용하지."

"그래서 우주선이 아직 항로대로 가고 있는 거구나." 내가 말했다.

"아니. 우리도 이 생체 우주선을 조종할 수 있어." 오크우가 말했다. "하지만 너희 조종사는 움자 대학 행성에 있는 사람들이 기대하는 방식으로 그쪽하고 얘기할 수 있으니까." 그러고 말을 끊었다가 더 가까이 다가왔다. "알겠지? 우린 원래부터 네가 없어도 됐어."

그 협박의 위력은 몸으로 느껴졌다. 찌릿찌릿하게 저리는 감각이 발가락에서 하얗게 작렬하더니 몸을 타고 올라와 머리 꼭대기까지 이르렀다. 갑자기 숨이 답답해와 입을 벌렸다. 이게 바로 처음에 적응했던 것과는 차원이 다른, 죽음이 겁난다는 느낌의 실제였다. 나는 몸을 뒤로 젖히면서 내 에단을 쳐들었다. 나는 침대에 앉아 있었고, 빨간색 이불이 피를 연상케 했다. 아무데도 갈 데가 없었다.

"네가 살아 있는 건 오직 그 흉물 덕분이야." 그것

이 말했다.

"네 오쿠오코 좋아졌잖아." 그것의 촉수를 가리키면서 성대를 울리지 않고 숨소리만으로 말했다. "그걸 치료해줬는데 살려주지 않을 거야?" 거의 숨이 쉬어지지 않았다. 오크우가 대답하지 않기에 내가 물었다. "어째서야? 아니, 아마 아무 이유도 없겠지."

"우리가 너희 인간들 같은 줄 알아?" 그것이 성난 듯이 물었다. "우리는 살생을 재미로 하지 않고 심지어 뭘 얻으려고 하지도 않아. 의도가 있어서 할 뿐이지."

나는 눈살을 찌푸렸다. 내가 듣기에는 똑같은 소리 같았다. 뭘 얻으려는 거나 의도가 있는 거나.

"너희들의 대학교 안에, 그 대학교 안 전시실 어느 곳에 희귀한 고깃덩어리처럼 떡하니 전시해놓은 게 우리 족장님의 침이야." 그것이 말했다. 나는 얼굴이 확 찡그려졌지만 아무 말 하지 않았다. "우리 족장님은…." 오크우가 말을 끊었다. "우린 족장님이 습격당하고 침이 잘린 건 알지만 그 침이 어떻게 해서 거기가 있는지는 모르겠어. 아무래도 좋아. 우린 움자 대학행성에 착륙할 거고 침을 되찾아올 거야. 그러니까 알겠지? 우리에겐 뜻한 바가 있어."

오크우는 기체를 길게 후욱 뿜어내고 방을 나갔다. 나는 기운이 다 빠져서 침대에 드러누웠다.

* * *

하지만 메두스들은 나에게 먹을 것과 물을 더 가져다 주었다. 오크우가 그걸 날라왔다. 그리고 내가 먹고 마시는 동안 함께 자리를 지켰다. 또 생선이었고 바싹 마른 대추 몇 알에 물 한 병이 왔다. 이번엔 먹으면서도 무슨 맛인지 거의 느껴지지 않았다.

"자살이야." 내가 말했다.

"뭐야… 자살이란 건." 그것이 물었다.

"너희들이 하려는 일!" 내가 말했다. "움자 대학행성에는 학생들과 교수들이 무기만 연구하고 시험하고 개발하는 도시가 있다고. 어떤 생명체든지 처치할 수 있는 무기들을 말이야. 너희 메두스들 무기도 거기서 만들어진 것일걸!"

"우리 무기는 우리 신체 안에서 만들어져." 그것이 말했다.

"메두스 쿠시 전쟁에서 쿠시인들에게 써먹은 흐름 살육기는?" 내가 물었다.

오크우는 말이 없었다.

"자살은 의도적으로 죽는 게 자살이야!"

"메두스는 죽음을 두려워하지 않아." 그것이 말했다. "그리고 이렇게 죽으면 그건 명예야. 우리는 두 번 다시 메두스에게 치욕을 주지 말라는 걸 가르쳐줄 거야. 우리 민족이 우리의 희생을 기억하고 높이 기릴 거야…"

"나… 나한테 생각이 있어!" 내가 소리쳤다. 목소리가 갈라졌지만 그대로 들이댔다. "내가 너희 족장님하고 얘기해볼게!" 나는 악을 썼다. 혹시 이게 아까 먹은 그 맛있는 생선 탓인지, 충격에 빠져서인지, 희망이 없어서인지, 지칠 대로 지쳐서인지 알 수 없었다. 나는 벌떡 일어나 오크우에게 성큼 다가섰다. 다리가 막 후들후들 떨리고 눈은 홱 뒤집혔다. "내가 해볼게… 나는 숙련 조율사야. 그걸로 움자 대학교에 가게 된 거라고. 난 최고 중에서도 최고란 말야. 오크우. 어디서든 조화를 창출할 수 있어." 숨이 턱에 찬 나머지 쌕쌕거리는 소리만 났다. 눈앞에 별이 번쩍번쩍 하는 게 보여 깊이 숨을 들이마셨다. "나한테 기회를 줘… 메두스의 대변자가 돼서 말을 하게 해줘. 움자 대학교 사람들은 학자들이야. 그러니 명예와 역사와 상징물과 신체 관련 문제들을 이해해줄 거야." 내가 하는 말이 조금이라도 맞는지 어떤지 확실히는 몰랐다. 이 말들은 그저 내 바람이었다… 그리고 우주선에 탔던 사람들을 만나본 경험으로 미루어 짐작한 것일 뿐.

"지금 네가 말하는 건 우리 둘 다 '자살' 하자는 얘기야." 그것이 말했다.

"부탁해." 내가 말했다. "난 너희 족장님이 귀담아 듣게 할 수 있어."

"우리 족장님은 인간들을 증오하셔." 오크우가 말했다. "인간들이 그분 침을 빼갔지. 너 알기는 해? 그…"

"내 오치제 단지를 너한테 줄게." 내가 불쑥 약속했

다. "있는 대로 다 바를 수 있어, 너의… 너의 오쿠오코 하나하나에 다 바르고 갓에도 바르고. 혹시 알아? 어쩌면 그걸 바르면 별처럼 빛이 난다든가 초월적인 힘이 생겨서 더 강하게 쏘고 더 빠르게 움직이고 그런다든가 할지 모르잖아…."

"우린 쏘는 것을 좋아하지 않아."

"제발 부탁해." 내가 빌었다. "네가 무엇이 될지를 상상해봐. 만약에 내 계획이 먹히면 어떻게 될지를. 너희들은 침을 되찾을 거고 아무도 안 죽을 거야. 너는 영웅이 되겠지." 그리고 나는 살 수 있을 것이고. 나는 그렇게 생각했다.

"우리는 영웅이 되고 말고에 신경 안 써." 그렇지만 오크우가 이 말을 할 때 그 분홍색 촉수는 꿈질 요동했다.

* * *

메두스 우주선은 셋째물고기호에 옆으로 대어져 있었다. 나는 두 배를 연결한 넓은 키틴질 복도를 걸

97

어 건너갔다. 돌아올 가망이 아주 낮다는 사실을 무
시해가며.

그들의 배에서는 악취가 심하게 났다. 호흡기를 통
해 냄새를 맡을 수는 없어도 틀림없이 그렇다고 생각
했다.

메두스에 관련된 건 다 악취가 났다. 맨발 아래 느
껴지는 해면질의 파란 표면에는 거의 집중할 수도 없
었다. 내가 호흡할 수는 없겠지만 내 피부를 상하게
하지는 않을 것이라고 오크우가 장담한 시원한 기체
에도. 어떤 건 녹색이고 어떤 건 파란색이고 어떤 건
분홍색을 띠고 바닥이며 높다란 천장이며 벽이며 모
든 표면에 붙어 다니는, 그러다 멈춰 서서 대체 무엇
으로 보는 건진 몰라도 아마 나를 빤히 쳐다보는 모
양인 메두스들에게도 나는 신경 쓸 여유가 없었다.

그 공간은 아주 넓디넓어 거의 바깥에 나온 것 같
은 느낌이 들 정도였다. 거의 그랬다는 얘기다. 나는
사막에서 난 아이다. 나에게는 실내가 아무리 넓어도
바깥 같을 수 없다. 그렇지만 이 방은 정말로 컸다.
족장은 다른 메두스들보다 더 클 것도 없고, 색깔이

더 화려하지도 않았다. 다른 개체보다 촉수가 더 많지도 않았다. 족장은 다른 메두스들에게 에워싸여 있었다. 그렇게 옹위하고 선 다른 메두스들과 너무 비슷했기 때문에 나에게 누가 족장인지 가르쳐주기 위해 오크우가 옆에 가서 서야 했다.

에단에서 나오는 흐름은 정신없이 나부꼈다. 사방팔방으로 가지를 쳐 뻗어가서는 메두스들의 말들을 나에게 가져다 주었다. 죽도록 겁이 나는 게 정상이었다. 오크우는 이런 식으로 족장을 만나겠다 요구하는 건 내 목숨만이 아니라 자기 목숨도 거는 일이라고 말했다. 족장이 인간을 증오하는데, 오크우가 한 인간을 메두스의 '대함선'에 데리고 들어가게 해달라고 통사정한 터이니까.

해면체. 우리 어머니가 즐겨 만드시던 뽀얀 푸딩에 단단한 젤리 방울이 잔뜩 들어가 있는 것 같은 느낌. 내 주위 사방을 휩싸고 있는 흐름을 느낄 수 있었다. 메두스들은 벽 속에 심도 있는 활성 기술을 탑재해놓았고 그걸 직접 자기 몸에 넣어 돌리고 있는 메두스도 많았다. 몇몇은 아예 걸어다니는 천문의였다. 장치는 그들의 생체활동의 한 부분이었다.

얼굴에 쓴 마스크를 조정했다. 마스크가 들여 넣어
주는 공기에서는 사막에 피는 꽃 같은 향기가 났다.
제작자가 쿠시 여자들인 게 틀림없었다. 쿠시 여자들
은 온갖 것을 다 꽃향기 나게 만들었다, 하다못해 자
기들의 은밀한 곳에서도 꽃향기가 나게 했다. 하지
만 이 순간에 나는 그 여자들에게 입이라도 맞춰주고
픈 기분이었다. 왜냐하면 족장에게 시선을 보냈을 때
꽃향기가 내 코와 입에 와락 밀려들었고, 불현듯 족
장이 사막에서 밤에만 피며 달콤한 향기를 내는 마른
꽃들에 에워싸여 둥실 떠 있는 모습이 상상되었기 때
문이다. 마음이 차분해졌다. 내 집 같진 않았다, 왜냐
하면 사막이라도 내가 아는 사막에는 향기가 없는 조
그만 꽃들밖에 나지 않았기 때문이다. 그렇지만 지구
가 느껴지긴 했다.

나는 서서히 나무되기를 멈추었다. 정신이 맑고 또
렷했지만 훨씬 멍청한 상태가 되었다. 나는 행동이
아니라 말을 해야 했다. 그래서 선택의 여지가 없었
다. 턱을 쳐들고 섰다가, 오크우가 가르쳐준 대로 했

다. 해면질의 바닥으로 몸을 낮추었다. 그러고 나서 바로 그곳에서, 내 친구들을 죽이고 사랑하게 된 남자아이를 죽이고 내 동료인 지구 출신 움자 대학행성 인간 시민들을 죽인 그들의 우주선 안에서, 자기 동족들을 시켜 무즈하 키비라, 다른 말로 죽음의 '큰 물결'을 써서 내 동포들을 쓸어버리게 지시한 자 앞에서, 아직 에단을 움켜쥔 채, 나는 엎드렸다. 바닥에 얼굴을 대었다. 그러고는 기다렸다.

"이 애는 나미브의 빈티 에케오파라 주주 담부 카입카입니다. 그… 살아남은 한 명이지요." 오크우가 말했다.

"그냥 빈티라고 부르셔도 됩니다." 머리는 그대로 조아린 채 내가 작은 소리로 말했다. 내 맨 앞 이름은 단촐하고 오크우의 이름과 같이 두 음절이라, 어쩌면 족장이 마음에 들어 할지도 모른다고 생각했다.

"일어나 앉으라고 해라." 족장이 말했다. "저것 때문에 우주선의 살에 조그마한 홈이라도 가는 날에는 너부터 처형당할 줄 알아라, 오크우. 그러고 나서가 저 생물이고."

"빈티, 일어나." 오크우가 말했다. 긴장해 무뚝뚝한 목소리였다.

나는 눈을 감았다. 에단의 흐름이 내 몸을 통해 작용하는 것을 느낄 수 있었다. 흐름은 모든 것을 건드리고 있었다. 발밑의 바닥까지도. 그리고 내게는 그것의 소리가 들렸다. 바닥 말이다. 그것은 노래를 부르고 있었다. 가사는 없었다. 그냥 진동으로 부르는 노래였다. 행복하고 초연했다. 그것은 아랑곳하지 않았다. 나는 바닥을 밀어 몸을 일으켰고, 무릎 꿇은 자세로 윗몸을 젖혔다. 그러고 나서 내 가슴이 닿았던 곳을 보았다. 짙은 파란색 그대로였다. 눈을 들어 족장을 올려다봤다.

"우리 민족 사람들은 천문의의 창안자이자 제작자입니다." 내가 말했다. "우리는 수학을 써서 천문의 안에 흐름을 창조하지요. 우리 중 최고의 실력자들은 정말 기막힌 조화를 가져오는 천부의 재능이 있어서 우리 언니 말마따나 원자들이 연인들처럼 서로를 애무하게 만들 수가 있어요." 족장이 내 쪽으로 오는 바람에 나는 눈을 깜박였다. "그렇기 때문에 에단이 날 위해 작동하는 것이라고 생각해요! 내가 찾아냈거든요. 사막에서요. 전에 그 사막의 어느 야생인 여자분이 나에게 이건 정말로 정말로 오래된 기술로 만들어진 물건이라고 가르쳐줬어요. 그이는 이걸 '신의 돌'이라고 불렀지요. 그때는 곧이듣지 않았지만, 지금은 믿어요. 갖고 있은 지 5년인데, 지금에 와서야 나를 위해 가동하게 되었지요." 내가 가슴을 팡 쳤다. "나를 위해 움직였어요! 당신들 메두스로 가득 찬 저쪽 우주선에서, 당신들이 그… 그 일을 하고 난 후에 말이죠. 내가 당신들을 대변하게 해주세요. 그쪽 사람들하고 내가 얘기해볼게요. 더 이상 누가 죽지 않아도 되게요."

나는 고개를 숙이면서 에단을 배에 대 보였다. 오크우가 귀띔해준 대로였다. 등 뒤로 다른 메두스들의 기척이 느껴졌다. 그러려고 했으면 천 번이라도 나를 쏠 수 있었을 터였다.

"그들이 나에게서 무엇을 빼앗아 갔는지 아느냐." 족장이 물었다.

"알아요." 고개는 그대로 숙인 채로 내가 말했다.

"내 침은 우리 메두스들의 힘이다." 그것이 말했다. "놈들이 우리에게서 빼앗아 갔지. 그건 전쟁 행위다."

"제가 말한 대로 한다면 당신의 침을 되찾게 될 거예요." 내가 얼른 말했다. 그랬다가 뒤에서 험하게 쿡 찌르는 느낌에 몸을 굳혔다. 뾰족한 것이 정통으로 내 뒷목 한가운데를 꾹 눌러오는 게 느껴졌다. 비명을 지르지 않으려고 아랫입술을 깨물었다.

"작전을 말씀드려." 오크우가 말했다.

나는 빠르게 말했다. "조종사가 우주선을 무사히 착륙하게 해줄 거예요. 그러면 제가 여러분 중 한 명과 함께 밖으로 나가서 움자 대학행성 측과 협상할게요. 그 침을… 평화롭게 돌려받도록."

"그렇게 하면 기습의 이점이 없어지지." 족장이 말했다. "전략을 하나도 모르는군."

"기습을 한다면 많은 수를 죽이겠지요. 그렇지만 그다음에는 그쪽에서 당신들을 죽일 거예요. 전부 다요." 내가 말했다. "아야야…" 내 뒷목에 겨누어진 침이 살을 더 꽉 눌러와 내가 죽는소리를 냈다. "저기 이것 좀, 난 그냥…"

"족장님, 빈티는 말하는 법을 몰라요." 오크우가 말했다. "빈티는 문명화되지 못했잖아요. 용서해주세요. 어려서 그래요. 애예요."

"우리가 어떻게 이것을 믿을 수 있지?" 족장 옆에 있던 메두스가 오크우에게 물었다.

"내가 뭘 어쩌겠어요?" 아픔으로 오만상을 찡그리고서 내가 물었다. "도망이라도 치겠어요?" 나는 얼굴에 흐른 눈물을 훔쳤다. 악몽은 끝날 줄을 몰랐다.

"너희 족속은 숨기를 잘하지." 또 다른 메두스가 빈정거렸다. "특히 너 같은 암컷 개체는." 족장을 포함해서 너더댓 메두스가 갓을 진동시키고 촉수를 흔들어댔다. 분명히 웃음에 해당하는 모습이었다.

"빈티한테 에단을 내려놓으라고 하세요." 오크우가 말했다.

나는 어안이 벙벙해 오크우를 보았다. "뭐?"

"내려놔." 그것이 말했다. "너는 완전히 무장해제될 거야. 그게 있어야 우리한테서 안전하다면 어떻게 우리의 대사가 될 수 있겠어."

"이게 있어야 너희들 말을 알아듣지!" 내가 빽 소리

질렀다. 이건 내 전부였다.

족장이 촉수 한 가닥을 휙 쳐들었고, 그러자 그 크나큰 공간에 있던 메두스들 모두가 일제히 움직이길 멈추었다. 그 모습이 마치 시간의 흐름 그 자체가 멈춘 것과 같았다. 흡사 무언가가 아주 차가워져서 얼음이 돼버릴 때와 같이 모든 것이 멎었다. 주위를 둘러보아 그 어느 메두스도 움직이지 않는 것을 확인한 뒤 나는 천천히 조심스럽게 몇 치인가 앞으로 몸을 빼어 뒤에 있는 메두스를 돌아보았다. 그것은 침을 쳐들고 있었다. 내 목이 있었던 바로 그 높이에다가. 나는 오크우를 쳐다봤고 오크우는 말이 없었다. 이어서 족장을 보았다. 시선을 내리깔았다. 그러고 나서 용기를 내어 한 번 더, 고개는 조아린 채로 다시 쳐다봤다.

"선택해라." 족장이 말했다.

내 방패. 내 통역기. 나는 두 손의 근육들을 수축시키려 해보았다. 바로 날카롭고 극렬한 통증이 왔다. 벌써 사흘도 더 되었다. 우주선은 움자 대학행성에서 다섯 시간 거리에 와 있었다. 다시 해봤다. 비명이 나왔다. 검은색과 회색을 띤 에단의 갈라진 틈에서 밝은 파란빛이 맥동하며, 고리와 소용돌이 무늬들에 불이 켜졌다. 우리 고향에 있는 호수 언저리에 떼지어 침범하던 생물발광 달팽이 같았다.

내 왼손 검지가 에단에서 떨어져 나오면서 참을 수 없이 눈물이 흘렀다. 에단의 청백색 광휘에 눈앞이 흐려졌다. 관절들이 뚝뚝 꺾이고 근육에 경련이 왔다. 이윽고 가운뎃손가락이, 새끼손가락이 떨어졌다. 입술을 어찌나 꽉 깨물었는지 피 맛이 났다. 몇 번 급한 숨을 쉬고 나서 모든 손가락에 한꺼번에 힘을 넣었다. 모든 관절에서 와작 소리가 났다. 머릿속에 말벌 천 마리가 웽웽거렸다. 몸에 감각이 없었다. 에단이 내 두 손에서 바닥으로 떨어졌다. 바로 내 눈앞에서. 그걸 보며 나는 웃음을 터뜨리고 싶었다. 내가 소환한 파란 흐름이 앞에서 춤을 추었다. 혼돈에서 이끌어낸 조화 그 자체가.

에단이 바닥에 떨어지면서 작게 툭 소리가 났고, 두 바퀴 구르더니, 섰다. 방금 스스로 내 목숨을 버렸다. 머리가 무거워졌고⋯ 모든 게 깜깜해졌다.

***

메두스들이 옳았다. 에단을 가진 채로는 내가 그들을 대변할 수 없었다. 움자 대학행성이기 때문이다. 이곳에 있는 누군가는 에단에 대해 알 수 있는 건 전부, 그러니까 그것이 메두스에게 유해하다는 것까지도 다 알고 있을 터였다. 그걸 놔버리지 않고는 움자 대학행성에 내가 정말 메두스들의 대사라는 것을 진심으로 믿어줄 사람이 없었을 것이다.

죽음. 내가 집을 떠나온 그때 나는 죽었다. 나는 떠나기 전에 일곱에게 기도 드리지 않았다. 그럴 때가 아니라고 생각했다. 나는 어엿한 여자라면 다녀올 순례 길에 나선 적이 없었다. 나는 장차 어른 여자로서 우리 마을에 돌아가 그 일을 할 것을 틀림없이 믿었다. 나는 우리 가족을 떠나왔다. 나는 내 할 일을 다하고 집으로 돌아갈 수 있을 것이라고 생각했다.

이제 나는 다시는 돌아가지 못할 터였다. 메두스. 메두스는 우리 인간들이 생각하는 것과 다르다. 진정성이 있다. 명쾌하다. 결단력이 있다. 경계도 가장자리도 딱 떨어지게 선명하다. 그들은 명예와 불명예를 안다. 나는 그들에게 명예를 인정받아야 했고 그렇게 할 길은 오직 한 번 더 죽는 것뿐이었다.

눈앞이 깜깜해져 정신을 잃기 직전, 그리고 마구 뻗친 선의 흐름을 이끌어내어 에단으로 이어준 직후에 등골을 찔러드는 침을 느꼈다. 끔찍한 아픔이었다. 그러고 나서 나는 떠났다. 그들을 떠나고, 그 우주선을 떠났다. 나는 우주선이 가사가 있는 듯 없는 듯 한 노래를 부르는 걸 들을 수 있었고 나에게 노래 불러주고 있다는 것을 알았다. 마지막으로 한 생각은 우리 가족을 향한 것이었다. 내 생각이 식구들에게 가 닿기를 바랐다.

우리집. 나는 풍요기에 비가 내리기 직전 사막의 경계에서 나는 땅 냄새를 맡았다. 뿌리집 바로 뒤에 있는, 내 오치제를 만들 점토를 캐고, 그곳에서 1마일만 더 가 사막이 되면 살아남기 힘든 연약하기 그지없는 도마뱀붙이들을 쫓아다니곤 하던 그 장소다. 나는 눈을 떴다. 내 방 안 내 침대 위에, 허리에 두른 치마 말고는 아무것도 걸치지 않은 맨몸으로 누워 있었

다. 치마 외 온몸에 오치제가 두껍게 발려 있어 매끈
매끈했다. 나는 코를 벌름거리며 내 체취를 들이마셨
다. 내 고향의 냄새….

일어나 앉는데 뭔가가 가슴에서 굴러떨어졌다. 사
타구니로 빠진 것을 집어 들었다. 에단이었다. 손에
잡으니 감촉이 찼고 이전에 몇 년간 그랬던 대로 전
체적으로 탁한 푸른색이었다. 손을 뒤로 돌려 등을
만져보았다. 침이 나를 찔러든 부분이 욱신욱신 아픈
데 만져보니 뭔가 거칠거칠하게 딱지가 앉아 있었다.
그곳도 오치제로 덮인 채였다. 내 천문의가 곡선으
로 된 창가에 얹혀 있기에, 내 위치 지도를 확인해보
고 창밖을 아주 오랫동안 내다보았다. 나는 끙끙거리
면서, 천천히 일어섰다. 바닥에 뭐가 있어서 발에 부
딪혔다. 내 단지다. 에단을 내려놓고 단지를, 두 손으
로 꽉 잡아 들었다. 반 넘게 비었다. 나는 웃었다. 옷
을 제대로 입고 다시 창밖을 보았다. 우주선은 한 시
간 후 움자 대학행성에 착륙할 참이었고 전망은 기가
막혔다.

* * *

　그들은 오지 않았다. 뭘 하라든가 언제 하라든가
지시해주질 않았다. 그래서 내가 알아서 창 옆의 검
은색 착륙용 의자에 앉아 안전띠를 찼고, 눈앞에 점
점 커져오는 놀라운 광경을 바라보았다. 해가 둘이었
다. 하나는 무척 작았고 또 하나는 컸지만 편안할 만
큼 거리가 떨어져 있었다. 행성의 어느 부분에나 태
양광이 비치는 시간이 어두운 시간보다 훨씬 많았지
만 움자 대학행성에 사막은 거의 없었다. 나는 천문
의를 쌍안경 모드로 해서 보이는 걸 더 가깝게 확대
해보았다. 움자 대학행성, 지구에 비하자면 참으로
작은 행성이다. 3분의 1만이 물인 그 행성의 육지들
은 온갖 무지개 색을 다 띠고 있었다. 어느 부분은 파
란색이고, 어느 부분은 녹색이고, 자주색, 빨간색, 흰
색, 검은색, 주황색도 보였다. 어느 부분은 매끈하고,
다른 데는 구름에 닿을 듯이 솟아오른 산봉우리로 삐
죽삐죽 거칠었다. 우리가 목표로 하여 막 날아가고 있
는 지역은 주황색이었는데, 드문드문 드넓은 나무숲

들이 있어 진한 녹색 부분들이 보였고, 작은 호수들도 있었고, 빽빽이 선 높은 건물들의 숲으로 인해 견고한 회청색을 띤 곳도 있었다.

우주선이 대기권에 진입하면서 귀에서 뻑 소리가 났다. 하늘은 더 연한 분홍색 계열 색깔로 변해갔고, 이어서 붉은 주황색이 되었다. 나는 불덩어리에서 밖을 내다보고 있었다. 여기는 공기 중이고 우리 우주선이 대기권에 들어올 때 그걸 찢어발기고 들어온 것이다. 와장창 흔들린다든가 진동이 있다든가 하는 건 그다지 없었지만 우주선 때문에 생겨난 열은 눈에 보였다. 우리가 도착한 다음 날이 되면 우주선은 중력에 재적응이 되는 대로 허물을 벗게 될 터였다.

우리는 하늘에서 강하하여, 지구의 고층 건물들은 조그매 보일 정도로 크기가 어마어마한 아름다운 건축물들 사이를 빠르게 날았다. 우주선이 낮게 더 낮게 날아 내려갈 때 나는 마구 웃어댔다. 밑으로 밑으로, 우리는 떨어져 내려갔다. 군용기가 나와서 우리를 하늘에서 격추하려 하진 않았다. 우주선이 착륙했고, 흥분에 차 방글방글 웃고 있다가 나는 문득 혹시

나 메두스들이 조종사들을 죽이려나 하는 생각이 들었다. 이제는 필요 없어졌으니까? 메두스들과 그 문제는 협상하지 않은 터였다. 나는 안전띠를 확 잡아당겨 벗고는 벌떡 일어섰는데 그러다 바닥에 풀썩 쓰러졌다. 두 다리가 천근만근이었다. "이게 왜…."

소름 끼치는 소리가 들려왔다. 낮게 부그르르 하는 소리가 끓어올라 성난 것처럼 그르렁그르렁 하는 소리가 되었다. 나는 주위를 둘러보았다. 틀림없이 내 선실로 무슨 괴물이 들어오려 하나 보다 생각했다. 그렇지만 이내 두 가지 사실을 깨달았다. 오크우가 내 방 문간에 서 있다는 것과, 그것이 무슨 말을 하는지 이해가 간다는 것.

나는 오크우가 말한 대로 힘주어 앉은 자세를 취했다. 두 다리를 가슴에 붙였다. 침대 가를 붙들고 끌어서 내 몸을 올려 앉혔다.

"천천히 해." 오크우가 말했다. "너희 족속은 자데이바에 빨리 적응 못 하니까."

"중력 말이야?" 내가 물었다.

"응."

나는 천천히 일어섰다. 한 걸음을 떼고는 오크우를 보고, 옆을 지나쳐 뻥 뚫린 문가로 갔다.

"나머지는 어딨어?"

"식당에서 대기 중이지."

"조종사는?"

"마찬가지야, 식당에."

"살았어?"

"그래."

나는 마음이 놓여 한숨을 쉬었고, 그러다 멈칫했다. 오크우가 말하는 음향이 내 살갗에 진동으로 느껴졌다.

이것은 오크우의 진짜 음성이었다. 그것이 내는 소리의 파장이 들릴 뿐 아니라 말을 할 때 그 촉수들이 바르르 떨리는 게 눈에 보였다. 그리고 그걸 이해할 수가 있었다. 이전에는 메두스들의 촉수가 그냥 아무 이유 없이 떨리는 것으로만 보였더랬다.

"침 때문인가?" 내가 물었다.

"아니." 그것이 말했다. "그건 또 다른 거야. 너도 알 수 있을 거야. 왜냐하면 너는 정말 네 말대로 조율사니까."

나는 구태여 알려고 하지 않았다. 당장은 그럴 때
가 아니었다.

"너 그 촉수." 내가 말했다. "너의 오쿠오코." 그건
똑바르게 드리워 있었다. 아직 분홍색이지만 이제 다
른 촉수들처럼 투명했다.

"나머지는 우리 쪽 환자 몇 명에게 도움이 될까 해
서 썼어." 그것이 말했다. "너희 민족 사람들은 우리
메두스들 사이에서 기억될 거야."

오크우가 말을 하면 할수록 목소리가 괴물 같던 게
점점 괜찮아졌다. 나는 한 걸음을 더 떼었다. "준비
됐어?" 오크우가 물었다.

나는 준비가 되어 있었다. 나는 에단을 내 다른 소
지품과 함께 두고 나섰다.

* * *

착륙으로 인해 아직 몸이 비실비실했지만, 빨리 해
야 할 일이었다. 메두스들이 움자 대학행성 당국에

어떻게 자기들의 존재를 알린 건지 나로서야 모를 일이지만, 틀림없이 알리기는 했을 터였다. 그렇지 않고는 어떻게 우리가 대낮의 제일 밝은 시간에 우주선을 나설 수 있었겠는가?

오크우와 족장이 내 방에 온 걸 보고 어쩔 작정인지 곧 알게 됐다. 나는 그들을 따라 복도를 걸어갔다. 그 많은 사람이 처참하게 죽임당한 그 식당을 통과해 가지는 않아서 다행스러웠다. 하지만 식당 입구를 지나갈 때 나는 메두스들이 전원 그 안에 있는 걸 보았다. 시체들은 다 어디로 가고 없었다. 의자와 탁자는 거센 바람이 그 안을 휩쓸기라도 한 것처럼 모조리 한쪽 벽에 무더기로 쌓여 있었다. 겹겹이 투명한 살과 촉수들 사이에서 언뜻 붉게 흘러내린 조종사의 제복을 본 것 같은 느낌이 들었으나 확실치는 않았다.

"뭐라고 말할지 알고 있겠지." 족장이 말했다. 질문이 아니라 단정이었다. 그리고 그 단정 속에는 위협이 들어 있었다.

나는 내 옷 중 제일 좋은 빨간 윗도리와 빨간 치마를 입었다. 잘 먹인 누에가 뽑아낸 실로 짠 것이다.

그 옷은 움자 대학교에서 강의 들을 첫날에 입으려고
산 것이지만 지금이 훨씬 더 중요한 자리였다. 나는
또 갓 만든 오치제를 살에 바르고 땋은 머리 가닥에
더 두껍게 덧발랐다. 손바닥으로 꾹꾹 이겨 붙일 때
내 머리 가닥들의 감촉은 뱀의 몸처럼 매끈매끈했고,
문득 보니 집을 떠난 후로 한 치쯤 더 자라 있었다.
이건 이상한 일이었다. 나는 머리카락이 두껍게 꼬불
꼬불 새로 자라 올라온 부분을 살펴보았고, 그 진한
고동색을 기분 좋게 감상하고 나서 오치제를 눌러 붙
여 그 색깔을 붉게 했다. 오치제를 이겨 바르려니 두
피에 따끔따끔 자극이 오고 머리통이 뻐근했다. 나는
지칠 대로 지쳐 있었다. 오치제로 범벅이 된 두 손을
코에 대고 고향의 향기를 들이마셨다.

　여러 해 전, 어느 날 밤에 다른 여자애들 몇과 함께
몰래 빠져나와서 호수에 간 적이 있었다. 우리는 짠
기가 있는 호수 물로 몸에 칠한 오치제를 전부 벗겨
내고 씻어냈다. 그러는 데 밤 시간이 반이나 갔다. 그
러고 나서 우리는 우리가 한 일에 기겁하면서 서로를
빤히 보았다. 만약에 어떤 남자가 보기라도 하면 우

리는 신세 망치는 거였다. 만약에 우리들의 부모님이 보셨더라면 다들 매를 맞았을 테고 맞는 건 벌의 작은 한 부분에 지나지 않았을 터였다. 가족들과 아는 사람들이 우리 이야기를 듣는 날엔 정신이 온전치 못한 줄로 알 텐데, 그런다면 그 또한 우리 혼삿길을 막을 터였다.

그렇지만 이 모든 것 이상으로, 우리가 해버린 짓에 대한 공포를 떠나서 우리 모두는 굉장히 멋진… 충격을 느꼈다. 우리의 머리카락은 한 뭉치로 굵게 드리워져, 달빛 아래 새까맸다. 우리의 피부는 진한 고동색으로 반들거렸다. 반드르르 윤이 났다. 그리고 그날 밤에는 산들바람이 불고 있어 노출된 피부에 와 닿는 바람이 너무 좋았다. 새로 자라서 올라온 머리 카락에다가 오치제를 바르면서 나는 그때 생각을 했다. 지금 내가 오치제를 전부 씻어내 버린다면 어떨까? 우리 민족 중에서 움자 대학교에 오게 된 건 내가 최초인데, 여기 사람들이 차이를 알기나 할까? 하지만 오크우와 족장이 몇 분 있으면 올 텐데 시간이 없었다. 그것도 그렇고 명색이 움자 대학교인데 누군

118

가는 조사를 해봤을 것이고 우리 민족에 대해서 알고 있을 터였다. 그러면 오치제를 다 씻어낸 상태로 있었다가는 그 사람은 내가 벌거벗었다는 걸 알 것이고… 제정신이 아니구나 생각할 것이다.

하여튼 나도 그런 짓을 하고 싶었던 건 아니라고, 오크우와 족장 뒤에서 걸어가며 나는 생각했다. 문가에 병사들이 대기하고 있었다. 두 명 다 인간이었고, 나는 저쪽에서 이렇게 함으로써 무슨 뜻을 보이려는 건지 궁금했다. 내가 읽은 책들에 있던 사진들에서와 꼭 같이, 그 병사들은 전체가 다 파란색인 카프탄을 입었고 신발은 신지 않고 있었다.

"앞장서라." 족장이 내 뒤로 가며 그르렁거렸다. 족장의 촉수가, 그 묵직하고 매끈한 한 가닥이 등 뒤를 부드럽게 떠미는 게 침에 쏘인 바로 그 자리에 느껴졌다. 거기에서 욱신 느껴진 아픔 탓에 나는 더 꼿꼿하게 몸을 펴고 섰다. 그러자 묘한 떨림으로 내 귀만을 간지럽히는 더 부드러운 음성이 들렸다. "굳세 보이도록 해라, 여자애야."

병사들 뒤를 따라, 그리고 메두스 둘을 뒤에 따라

붙인 채 나는 평생 처음으로 다른 행성의 표면에 발을 디뎠다. 머리 거죽이 여전히 따끔따끔해. 집에서 이렇게나 멀리 왔다는 마술적인 흥분감에 엎친 데 덮친 격으로 자극을 더했다. 우주선 밖으로 걸어나와서 맨 처음 의식한 것은 공기의 냄새와 무게감이었다. 공기에서 밀림 같은 녹색 냄새, 잎이 무겁도록 우거진 그런 냄새가 났다. 물이 꽉 찬 공기였다. 식물이 그득히 심어져 있던 우주선의 호흡실들 공기 그대로였다! 지붕 없는 검은색 보도로 군인들 뒤를 따라가면서 나는 입을 떼어 그 공기를 들이마셨다. 뒤에서 메두스들이 기체를 풍풍 뱉고 또 빨아들이는 소리가 들렸다. 하지만 우주선에서 그러던 것 같지 않게 부드러운 소리였다. 우리는 큰 건물을 향해 걸어가고 있었다. 우주선 출입항이었다.

"움자 대학행성 총괄행정본부 건물로 데려다줄 겁니다." 병사 중 한 명이 완벽한 쿠시 말로 나에게 말해주었다. 그 병사는 메두스들을 쳐다봤고 그의 눈썹에 걱정스러운 주름이 패는 게 보였다. "내가 저이들… 말을 몰라요. 혹시 말 좀…."

내가 고개를 끄덕였다.

병사는 얼추 스물다섯 살쯤 돼 보였고 나처럼 짙은 고동색 피부였지만, 우리 민족 남자들과는 달리 그냥 맨 살갗 그대로에 머리는 박박 밀었고 또 키가 퍽 작아서 선 키가 나보다 머리 하나만큼은 모자랐다. "고속 이동을 해도 괜찮을지요?"

나는 돌아서서 오크우와 족장에게 통역해주었다.

"원시적인 자들이로군." 족장의 대꾸였다. 하지만 족장과 오크우도 왕복편 탑승에 동의했다.

그 방 안의 벽과 바닥은 하늘색이었다. 열려 있는 큰 창들로부터 햇볕이 들어오고 따스한 솔바람이 불어 들었다. 거기에는 교수 열 사람이 있었다. 대학교의 열 개 분과에서 한 명씩 나온 것이다. 긴 유리 탁자를 앞에 두고 앉거나, 서거나, 부유하거나, 바닥에 웅크리고들 있었다. 벽마다 천이나 색상이나 빛으로 된 파란 제복을 입은 병사들이 있었다. 정말 많은 서로 다른 유형의 사람들이 방 안에 있었기에 나는 도무지 집중이 되지 않았다. 그렇지만 집중을 해야만 했다. 그렇지 않으면 더 많은 죽음이 닥칠 터였다.

모든 교수들을 대표해서 말한 사람은 사막 사람들의 신들 중 하나처럼 생겨서 나는 자칫 웃음을 터뜨릴 뻔했다. 그이는 바람으로 이루어진 거미 같았다, 잿빛으로 일렁일렁하는데 이쪽은 보이지만 저쪽은 아무래도 잘 안 보였다. 말을 하니, 속삭이는 소리였으나 내가 몇 자 떨어진 데 있음에도 또렷하게 들렸다. 게다가 메두스의 말로 말했다.

"하라스." 비슷하게 소리 나는 이름을 대며 인사하고 나서, 그이는 이렇게 말했다. "나에게 할 말을 하세요."

그리고 이제 별안간 모두가 나를 주목했다.

* * *

"여러분 중 누구도 나 같은 사람을 보신 적은 없을 것입니다." 내가 말했다. "나는 사막 가장자리 한 작은 소금 호수 가까이에 사는 부족 출신입니다. 우리 부족의 땅에는 민물이, 인간들이 마실 수 있는 물이 아주 적기 때문에 우리는 다른 많은 인간들이 하는 것처럼 목욕을 하는 데 민물을 쓰지 않습니다. 우리는 오치제로 씻습니다. 우리 땅에서 나는 붉은 점토와 우리 지역에 피는 꽃에서 짠 기름을 섞은 것이지요."

인간 교수 몇 명이 서로 시선을 마주치며 클클 웃었다. 커다란 곤충 인간 한 명은 아래턱으로 짤깍짤깍 소리를 냈다. 나는 얼굴을 찌푸렸고, 콧구멍을 크게 부풀렸다. 지구에서 우리 부족 사람들이 쿠시 사람들에게 받던 것과 비슷한 취급을 받기는 이게 처음이었다. 사람들은 다들 거기서 거기다. 어디를 가든지. 이 교수들도 다른 사람들과 다를 바가 없었다.

"나는 부모님이 계신 고향집을 떠나는 게 처음이었습니다. 우리 행성 지구를 떠나는 건 고사하고 나고 자란 우리 도시를 떠나본 적이 없었어요. 며칠이 지난 후, 암흑의 우주 공간에서, 우리 우주선에 탔던 사람들은 조종사만 빼고 모조리 죽임당했습니다. 바로 제 눈앞에서 죽은 사람도 많아요. 이들은 바로 우리 부족을 노예 비슷하게 보던 사람들과 전쟁 중인 종족에게 죽었습니다." 나는 이 말이 제대로 스며들도록 기다렸다가 말을 이어 갔다. "여러분도 메두스를 보신 적은 없었을 겁니다. 그저 메두스를 연구했을 뿐… 멀찍이 떨어진 데서 연구했을 뿐입니다. 나는 알아요. 나도 메두스에 대해 읽은 바가 있었으니까요." 나는 앞으로 걸음을 내디뎠다. "아니면 혹시 여러분이나 여러분의 학생들 중 몇 분이 여기 지척에 있는 무기 박물관에 보유하고 계신 침을 연구했을지도 모르겠습니다."

나는 교수 몇이 서로 돌아보는 것을 보았다. 일부 교수들은 낮은 소리로 말을 주고받았다. 나머지는, 무엇을 하는 건지 판단이 될 만큼 내가 그들에 대해 알지를 못했다. 말을 하면서 나는 리듬을 타게 되었다. 수학을 하다가 빠져들곤 하는 것과 아주 많이 흡사한 명상 상태였다. 단지 내가 완전히 이 자리에 있다는 것만이 달랐고, 얼마 지나지 않아 내 눈에선 눈물이 흘러내리고 있었다. 나는 그들에게 세세한 이야기까지 다 했다. 헤루의 가슴이 터지듯 벌어지는 광경을 지켜본 것, 필사적으로 음식물을 그러모은 것, 선실 안에 있으면서 죽음을 기다린 것, 에단이 나를

살려주었는데 어떻게인지, 왜인지, 아무것도 모른다
는 걸 이야기했다.

　나는 오크우 이야기를 했고 실제로 날 살려준 것은
내 오치제였던 사연을 말했다. 메두스족의 냉혹한 정
확성을, 목적성을, 폭력성을, 명예심을 그리고 기꺼
이 귀 기울여 얘기를 들어주는 아량을 말했다. 내가
생각하게 될 줄 몰랐던, 이해하게 될 줄 몰랐던 것들
도 말했다. 머릿속에 있는 줄도 몰랐던 말들이 일깨
워져 나왔다. 그리고 마지막으로, 나는 그들에게 메
두스들의 바람을 충족시켜줌으로써 모두에게 패배가
될 피바다 싸움을 방지할 방안을 말해주었다.

　나는 그들이 동의해줄 것을 의심치 않았다. 이 교
수들은 내 상상이 미칠 수 있는 한계를 넘도록 많은
배움을 쌓은 이들이었다. 그들은 사려깊다. 통찰력
있다. 연합해 있다. 개인이다. 메두스 족장이 앞으로
나서서 자기도 할 말을 했다. 족장은 분노하고 있었
지만 철두철미해, 무감정한 논리로써 웅변했다. "당
신들이 자발적으로 넘겨주지 않겠다면, 우리에게는
도발한 바도 없이 무단히 도둑 맞은 물건을 되찾아

올 권리가 있소." 족장이 말했다.

족장의 말이 있고 나서, 교수들은 자기들끼리 한 시간이 넘도록 의논을 했다. 이렇게 하는 데 따로 다른 방으로 가지도 않았다. 그들은 족장, 오크우, 내가 있는 바로 면전에서 토의했다.

그들은 유리 탁자를 놔두고 한데 모여 섰다. 오크우, 족장, 나는 그냥 그대로 서 있었다. 떠나온 내 고향에서 어르신들은 언제나 점잖고 조용했고 언제나 모든 걸 다른 사람 없는 데서 논의했다. 메두스도 그러기는 마찬가지였던지, 오크우는 촉수를 부르르 떨면서 이렇게 말했다. "이 사람들 대체 뭐죠?"

"할 대로 하게 둬라." 족장이 말했다.

우리에게서 불과 몇 자 떨어진 데서, 유리 탁자 너머에서 이 교수들은 성이 나서 고함을 지르는가 하면 때로는 좋아 죽겠는지 신나게 웃고, 상대방 얼굴을 더듬이로 톡톡톡 건드려대고, 동료들 주의를 끌려고 고막이 팡 울릴 정도로 요란한 짤깍 소리를 내고 있었다. 몸 크기가 내 머리만큼 되는 한 교수는 이쪽 무리에 갔다가 저쪽 무리에 갔다가 날아다니면서 회색

빛으로 된 거미줄을 뽑아내는 바람에 그 줄이 서서히 교수들에게 내리덮였다. 이 정신 나간 것 같은 혼란스러운 행사가 내가 살게 될지 죽게 될지를 결정할 판이었다.

가만 보니 언뜻언뜻 메두스의 역사와 행동체계, 셋째물고기호의 역학, 문제의 침을 가져다놓은 학자들에 대한 논의가 들렸다. 오크우와 족장은 그대로 기다리며 부유하고 있으라 해도 아무렇지 않은 모양이었다. 하지만 나는 다리가 아파져서 그냥 그 파란 바닥에 앉아버렸다.

* * *

마침내 교수들이 잠잠해지더니 다시 유리 탁자에와 자리를 잡았다. 나는 일어섰다. 심장이 쿵쾅거리다 못해 턱까지 치받는 것 같고, 손바닥엔 땀이 찼다. 곁눈질로 족장을 훔쳐보니 한층 더 신경이 곤두섰다. 족장의 오쿠오코는 바르르 진동하며 파란색이 더 진해져서 거의 빛을 뿜으려고 했다. 오크우를 보자 그

녀석의 오쿠오코가 드리운 데에 언뜻 하얗게 침이 보였다. 당장이라도 내찌를 태세였다. 거미 같이 생긴 하라스가 앞다리 두 개를 쳐들고 메두스의 언어로 이렇게 말했다. "움자 대학행성 사람들 전원을 대신하여, 그리고 움자 대학교를 대표하여, 우리의 일원인 일단의 사람들이 당신에게서 침을 탈취해온 행동에 대하여 사과드립니다. 메두스 족장님. 이 행위를 한 학자들을 찾아내어 제명하고 추방할 것입니다. 그처럼 가치가 대단한 박물관 전시품은 우리 대학교에서 매우 높이 사는 바이지만 그렇다 해도 그런 물건은 그 소유자인 사람들에게서 반드시 허락을 받고 입수해야만 하는 것이지요. 움자의 방침은 명예, 존중, 지혜, 지식에 기반합니다. 우리는 그것을 즉시 당신께 돌려드리도록 하겠습니다."

두 다리에 힘이 빠지며 나도 모르게 어느샌가 도로 바닥에 주저앉아 있었다. 머리가 무겁고 얼얼한 느낌이고, 생각이 막 분산되었다. "죄송합니다." 내가, 평생 말해온 언어로 말했다. 무언가가 등을 지그시 누르는 게 느껴졌다. 나를 부축해주고 있었다. 오크우였다.

"난 괜찮아." 손으로 바닥을 밀며 다시 일어섰고, 그렇게 말했다. 하지만 오크우는 촉수 하나를 그대로 내 등에 받치고 있었다. 이름이 하라스인 교수가 말을 이었다. "빈티, 넌 너희 민족을 자랑스럽게 했다. 난 개인적으로 네가 움자 대학행성에 온 것을 환영하고 싶구나." 하라스는 부속지 중 하나로 손짓해 자기 옆의 인간 여자를 가리켰다. 보기에 쿠시인 같은데 착 붙는 녹색 옷을 입고 있어서 목부터 발끝까지 모든 부위에서 옷이 몸을 꼭 조였다. "이쪽은 옥팔라다. 우리 대학 수학 분과에 계신 분이지. 자리가 잡히거든 이분의 강좌를 수강하는 것 외에 이분과 함께 네 에단을 연구하기로 하자. 옥팔라 말이, 너는 불가능한 일을 해냈다는구나."

나는 말을 하려고 입을 벌렸지만, 옥팔라가 한 손을 쳐들어 그냥 다물었다.

"우리가 한 가지 요청할 게 있습니다." 하라스가 말했다. "움자 대학행성의 우리들은 움자 대학행성 행정부와 메두스 간의 신의성실의 표식으로서, 그리고 인간과 메두스 간의 협약을 새로이하는 의미로서 오크우가 남아서 우리 대학교 최초의 메두스 학생이 되어주었으면 좋겠습니다."

나는 뒤에서 오크우가 꿀룩거리는 소리를 들었고, 이어서 족장이 소리 높여 말했다. "내 평생에 처음으로 나는 기존에 믿던 것을 완전히 벗어난 무언가를 배우고 있소." 족장이 말했다. "인간들을 받아들여 감싸주는 곳에 이처럼 명예가 있고 식견이 있을 줄 누가 생각이나 했겠소." 족장은 잠깐 뜸을 들이곤 이렇게 말했다. "내가 결정을 내리기에 앞서 참모들과 논의해보도록 하지요."

족장은 기꺼워하고 있었다. 목소리에서도 느껴졌다. 나는 주위를 둘러보았다. 우리 부족 출신은 아무도 없었다. 단숨에, 나는 역사적으로 중요한 한 부분이 된 것 같으면서 또 동시에 무척 외로운 느낌이었다. 우리 식구들은 내가 이 얘기를 한다면 이해할 수나 있을까? 아니면 내가 자칫 죽을 뻔했다는 사실에만 초점을 맞추고, 이제 집으로 돌아오기에는 너무 먼 데까지 가 있으며 '일생 일대의 실수'를 저지르자고 자기들을 두고 떠났다는 생각만 하려나?

나는 선 채로 그네 타듯 몸을 흔들었다. 얼굴에는 미소를 띠고서.

"빈티." 이름이 옥팔라인 교수가 말했다. "이제 너는 어떡할 작정이냐?"

"무슨 말씀이세요?" 내가 물었다. "전 수학과 흐름을 연구하고 싶어요. 잘하면 새로운 형식의 천문의를 만들어낼지 모르죠. 에단이 있잖아요, 그걸 연구해보고 싶고 그걸로…"

"그래." 옥팔라가 말했다. "그건 그렇지. 하지만 너희 고향은 어떻게 하려고 하니? 앞으로 다시 돌아가긴 할 거냐?"

"물론이에요." 내가 말했다. "결국엔 가야죠. 고향에 들러볼 거고, 가서…"

"내가 공부한 바 있지만, 너희 부족 사람들은 외부인들을 반기지 않지."

"전 외부인이 아닌데요." 쿡 찔린 듯 조바심이 치밀어서 내가 말했다. "전…" 그런데 그때 그게 눈에 띄었다. 내 머리카락은 원래 오치제 때문에 묵직해진 채 등에 걸쳐 있었다. 하지만 아까 일어설 때 땋은 머리채 한 줄이 어깨에 얹혔다. 나는 그것이 내 어깨 앞쪽을 쓰적거리는 걸 느끼고 이제 그걸 보았다.

나는 미간을 찡그렸다. 움직이고 싶지 않았다. 현실 인식이 닥쳐오기 전에 나는 명상으로 빠져들어야겠다고 생각했다. 필사적인 나무되기다. 잠시 그 속에서 나오지 않고 있는 동안 방정식들이 휙휙 머릿속에 스쳤다. 바람에 불린 모래처럼. 주위에서 움직이는 기척들이 느껴졌고, 그대로 나무되기 하는 채로 나는 병사들이 방을 나가는 걸 보았다. 교수들이 몸을 일으키면서 저마다 다양한 방식으로 자기들끼리 두런두런 말을 주고받았다. 옥팔라만 빼고 모두가. 옥팔라는 나를 직시하고 있었다.

나는 천천히 내 머리 줄기 한 가닥을 집어 앞쪽으로 끌어와선 오치제를 밀어 벗겼다. 떠나온 지구의 청명한 날 하늘처럼 쨍 하니 진한 파란색이 빛났다. 오크우를 비롯해 다른 메두스들도 많이들 띠고 있는 색깔, 움자 대학행성 병사들의 제복과도 같은 색깔이었다. 거기다 투명했다. 부드러우면서도 탄탄했다.

나는 내 정수리를 만져보고 눌러보았다. 감촉은 전과 같았고 또… 거길 만지는 내 손이 느껴졌다. 따끔따끔 얼얼하던 느낌은 사라졌다. 내 머리카락은 이제 머리카락이 아니었다. 여전히 명상 상태에서 숨을 몰아쉬면서 귓속에 이명이 왔다. 나는 옷을 찢어발기고 몸 곳곳을 조사해보고 싶었다. 그때 찔린 것으로 해서 또 뭐가 변했는지 알려면. 그때 그것은 침이 아니었다. 침이었으면 내 뱃속을 찢어 헤쳤을 것이다. 헤루에게 했듯이.

"그것들만이야." 오크우가 말했다. "다른 건 없어."

"이것 때문에 내가 너희들 말을 알아듣는 거야?" 내가 무감정하게 물었다. 명상 상태에서 이야기하는 것은 땅에 난 깊은 구멍 속에 들어가 작게 속삭이는 것과 같다. 나는 서늘하고 캄캄한 데서 위를 올려다보고 있었다.

"맞아."

"어째서?"

"왜냐하면 네가 우리 말을 알아들어야 했고 이것이 유일한 방법이었으니까." 오크우가 말했다.

"또 네가 우리의 포로가 아니라 정말로 우리의 대사라는 것을 저들에게 입증할 필요도 있었지." 족장이 말했다. "나는 우주선으로 돌아갈 것이다. 함께 오크우 일을 결정해야지." 족장은 가려고 몸을 돌렸다가 도로 돌아보았다. "빈티, 너는 메두스들 사이에서 영원히 최고의 명예를 차지할 것이다. 나의 운명은 한층 강하다. 나를 너에게로 이끌어 주었으니까." 그러고는 떠났다.

나는 거기 서 있었다. 낯설어진 몸을 하고. 깊은 명상에 잠겨 있지 않았더라면 비명을 지르고 또 질렀을 것이다. 나는 고향에서 너무나 먼 곳에 있었다.

✱ ✱ ✱

무슨 일이 일어났는지 소식은 순식간에 움자 대학 행성 전역에 쫙 퍼졌다고 했다. 말인즉슨 먼 데 있는 한 파란 행성 출신인 인간종 부족민 여자 하나가 자기 피를 희생하고 수학적 조화를 이루는 빼어난 천부의 재능과 조상에게 물려받은 마법을 사용하여 메두스 테러리스트들에게서 대학교를 구했다는 거였다. 부족민. 움자 대학에 꾸준히 학생들을 진학시킬 만큼 '문명화가 되지 못한' 오지 거주 인종 집단을 부르는 말이 그거였다.

그로부터 이틀에 걸쳐 나는 사람들이 나의 붉게 물든 검은 피부와 기이한 머리카락을 신기한 듯 쳐다본다는 것을 알게 되었다. 그들은 내가 오크우와 함께 있는 것을 볼 땐 긴장한 듯 잠잠해져서 슬슬 피했다. 나를 볼 때는 멋있고 이국적인 인간으로 보는 반면에 오크우는 위험천만한 상대로 보는 것이었다. 지금까지 오크우는 온갖 곳의 사람들이 다 두렵게만 바라보던 호전적인 종족 출신이었다. 오크우는 자기 종족의 악명을 즐겼지만, 나는 걸어 들어갈 조용한 사막이 있으면 좋겠다는 생각만 들었다. 그러면 평안하게 공부할 수 있을 테니까.

"어느 종족이든지 과단성 있고 자랑스러운 명예를 겁내지." 오크우가 주장했다. 병기 도시에 있는 한 도서관 안에서 족장의 침이 보관되어 있던 빈 진열 칸을 함께 물끄러미 보던 참이었다. 수학 도시에서 교통편으로 세 시간 거리인 병기 도시는 거리마다 활기로 가득 찼고 돌로 된, 넓게 퍼진 납작한 건물들이 바글바글 넘치는 곳이었다. 그 구조물들마다 밑으로는 위아래가 거꾸로 된 건물들이 지하로 적어도 1킬로미터 이상 뻗어 내려가 있어서 거기에서 학생들, 연구자들, 교수들이 그들 관련자들만 아는 무언가를 발명하고, 시험하고, 또 파괴했다. 대담 후에 나와 족장과 오크우가 침을 회수하러 안내받아 간 곳이 거기였다.

우리는 머리가 있을 자리에 뿌리가 달린 조그만 녹색 어린애처럼 보이는 사람의 수행을 받았다. 나중에 알고 보니 그이는 병기 도시의 수석 교수였다. 두꺼운 고투명 유리로 된 가로세로 다섯 자짜리 진열대로 가 그걸 연 사람이 그였다. 침은 수정 판 위에 놓여 있었는데 보기에는 얼음으로 된 날카로운 엄니 같았다.

족장이 천천히 진열대로 다가갔고, 오쿠오코 하나를 뻗어내었다. 그러곤 오쿠오코가 침에 닿는 순간에 푸른 기가 도는 커다란 기체 덩어리를 뿜어 올렸다. 침이 다시 몸의 일부가 된 순간에 족장의 파란 몸이 투명하게 변하던 모습을 나는 잊지 못할 것이다. 침이 다시 결합된 지점을 보여주는 한 줄기 파란 선만 남았고, 이것은 움자 대학교의 인간들이 연구니 학문이니 하는 구실로 무슨 짓을 했던지를 언제까지고 되새기게 해줄 흉터였다.

나중에, 족장과 다른 이들이 대기권 바로 밖에 있는 본선까지 돌아가게 해줄 셋째물고기호에 탑승하기 직전에 오크우의 부탁으로 나는 족장 앞에 무릎 꿇고 앉아 족장의 침을 내 무릎 위에 올렸다. 침은 무거웠고, 물로 된 단단한 판대기 같은 감촉이었으며, 끄트머리는 날이 서 있어 삭 베는 것으로 다른 우주로 통하는 길을 내기라도 할 듯 보였다. 나는 내 오치제를 한 움큼 떠서 침이 다시 붙은 부분의 파란 흉터에 문질러 발랐다. 그리고 잠시 후에 도로 조금 닦아내 보았다. 파란 흉터가 사라지고 없었다. 메두스들의 족장은 다시 왕자답게 전신이 투명해졌고, 메두스들은 오크우가 나한테서 빼간 오치제 반 단지를 가졌으며, 자기들 중 한 명을 남겨 위대한 움자 대학교에서 공부할 최초의 메두스로 삼았다. 메두스는 왔을

때보다 더 행복해지고 더 잘되어서 움자 대학행성을
떠났다.

* * *

내 오치제. 그렇다, 거기에는 사연이 있다. 몇 주가
지난 후, 나도 수업을 시작하고 사람들이 마침내 날
그냥 내버려두게 된 때에, 대신에 그냥 빤히 보기만
하고 뒷전에서 가만히 말이나 하게 됐을 때에 오치
제가 동났다. 그렇게 되리라는 것이야 여러 날 전부
터 알고 있었다. 장터에서 화학적 조성이 동일한 향
기 좋은 기름은 찾아두고 있었다. 인근에 여러 개 있
는 동굴에서 자라는 검은 꽃이 그 기름을 생산했다.
하지만 비슷한 점토는 훨씬 더 찾기 어려웠다. 내 기
숙사에서 그리 멀지 않은 데에 숲 하나가 있었다. 붐
비는 거리들을 건너가서 교실이 있는 건물들 중 한
건물 뒤로 가면 되었다. 누가 그 숲에 들어가는 건 본
적이 없지만 오솔길이 나 있기는 했다.

그날 저녁 날이 어둡기 전에 나는 그리로 들어갔

다. 빤히 보는 눈길들을 무시하며 걸음을 빨리했고, 오솔길 입구에 가까이 갈수록 사람들이 적어진 데 감사했다. 가방에 천문의, 견과 한 봉지를 넣어 갔고 내에단은 손에 들었다. 도로를 떠나 오솔길에 발을 딛으면서 나는 에단을 꽉 잡았다. 숲은 고작 몇 걸음 만에 나를 삼켜버리는 것 같아, 자줏빛으로 물들어가는 하늘이 더 이상 보이지 않았다. 몸에 바른 오치제가 하도 얇아서 내 피부는 그냥 맨살 같았다.

나는 찌푸린 채 잠시 망설였다. 내가 살던 데에는 그렇게 나무들이 빼곡한 데가 없었다. 온통 잎투성이에다, 잉잉거리며 작은 생물들이 날아다녔고, 숲이 내 숨통을 막아오는 것만 같았다. 그러다 땅을 보았다. 바로 그 지점, 샌들을 신은 발이 디딘 그곳에 정확하게 나에게 필요하던 것이 있었다.

그날 밤에 나는 오치제를 만들었다. 섞은 다음 다음 날 하루 동안 강한 태양 빛에 널어 두었다. 나는 수업에 들어가지 않았고 그날은 먹지도 않았다. 저녁이 되어 나는 기숙사로 가서 샤워를 함으로써 우리 민족 사람들이 좀처럼 하지 않는 일을 했다. 즉, 물로 씻었다. 물이 머리카락을 통해 얼굴로 줄줄 흘러내리게 한 채로 나는 울었다. 이것이 내게 남은 고향의 전부였는데 물에 씻겨 내려가서 이제 우리 기숙사 밖 나무들에게 밥이 될 도랑으로 흘러가는 참이었다.

샤워를 마치고 천장에서 주룩주룩 흘러내리는 물줄기에서 비켜나 그대로 서 있었다. 천천히 손을 올려보았다. 내 '머리카락'을 만졌다. 오쿠오코는 부드럽지만 탄탄했고 젖어서 미끌미끌했다. 등에 살짝살짝 닿는 느낌이 매끄러웠다. 흔들어보았다. 처음으로 오치제에 덮이지 않은 채의 그것들을 느꼈다.

눈을 감고 일곱에게 기도했다. 이 행성에 온 후로 한 번도 안 했던 일이다. 나는 살아 있는 내 부모님과 조상님께 기도했다. 눈을 떴다. 집에 전화를 걸 때였다. 곧.

샤워장 밖을 엿보았다. 샤워장은 다섯 명의 인간 학생들과 함께 쓰는 공간이었다. 그중 한 명이 하필이면 내가 내다볼 때 막 밖으로 나가는 참이었다. 그 남자애가 가고 나서 바로, 나는 둘러 입는 치마를 챙겨 밖으로 나왔다. 치마를 허리에 두르고 큰 거울로 내 모습을 바라보았다. 아주아주 오랜 시간 보고 있었다. 진한 고동색 피부를 본 것이 아니라, 내 머리카락이 있던 자리를 보았다. 오쿠오코는 연한 투명 파란색이고 끝에 더 어두운 파란색 점이 들어가 있었다. 그것들이 내 평생 그랬던 척 머리에서 자라나와 있는데, 그 모양이 어찌나 자연스러운지 보기 흉하다고는 말할 수 없었다. 그것들은 원래 내 머리카락 길이보다 아주 쬐끔 더 길어서 등보다 조금 더 아래까지 갔다. 굵기는 제법 큰 뱀 정도였다.

오쿠오코는 열 개가 나 있었고, 이제는 더 이상 내 원래 머리카락을 가지고 했던 것처럼 우리 집안 표식 문양으로 땋을 수는 없게 되었다. 한 가닥을 꼬집어 보니 누르는 손이 느껴졌다. 머리카락처럼 자라려나? 설마 머리카락이었던 거야? 오크우에게 물어볼 수 있었겠지만, 그 녀석에게 뭘 물어볼 준비는 안 돼 있었다. 아직은 못 한다. 나는 재빨리 내 방으로 달려와 햇볕 속에 앉아서 머리를 말렸다.

열 시간 후, 겨우 어둠이 내리자 때가 되었다. 용기는 미리 시장에서 사두었다. 학생들이 외골격 탈피

후 용돈벌이 삼아 내다 판 허물로 만든 것이었다. 오크우의 촉수처럼 투명한데 빨간색으로 염색돼 있었다. 이제 뻑뻑해져 다 된 것 같아 보이는 새로 만든 오치제를 거기다 채워 담았다.

오른손 검지와 중지를 모아 붙여 첫 한 움큼을 떠올리려다가, 문득 너무나도 자신이 없어져 멈칫했다. 액체비누처럼 손가락이 푹 들어가버리면 어떡하지? 숲에서 퍼온 게 애당초 점토가 아니었으면 어쩌지? 혹시 돌처럼 딱딱하면 어쩌지?

나는 손을 거두고 깊은 숨을 들이쉬었다. 여기서 오치제를 만들 수 없다면, 그때는 내가… 달라져야 한다. 나는 촉수 같은 머리채 한 가닥을 만지면서 내 정신이 나를 아직 갈 준비가 되어 있지 않은 자리로 보내려고 할 때의 괴로운 부담감을 가슴에 느꼈다. 두 손가락을 새로 만든 혼합물에 찔러 넣었고… 퍼올렸다. 그것을 내 살에 펴발랐다. 그러곤 울었다.

나는 오크우의 기숙사로 녀석을 만나러 갔다. 기체로 채워진 이 커다란 구형 복합 시설에 거주하는 이들을 무엇이라고 불러야 할지 아직도 알 수 없었다.

안으로 들어가보면 그냥 단일한 거대 공간이다. 벽에
식물이 자라고 천장에서도 늘어져 있다. 개인실은 하
나도 없고, 어떤 부분에서는 오크우와 비슷해 보이지
만 나머지는 다른 사람들이 넓디넓은 바닥을 걸어다
니고, 벽을 타고, 천장에도 붙어 있었다. 어떻게인지
내가 거기 정문으로 다가가기만 하면 항상 몇 분 안
에 오크우가 나왔다. 오크우는 매번 바깥 공기에 새
로 적응하느라고 커다란 기체 덩어리를 뱉곤 했다.

"좋아 보이네." 산책로를 함께 걸으면서 그것이 말
했다. 우리는 둘 다 산책로가 좋았다. 밑에서 밀려드
는 따뜻하고 맑은 바닷물이 일으킨 바람 때문이었다.
나는 싱긋 웃었다. "기분 괜찮아."

"언제 만들었어?"

"그제부터 어제까지 이틀 걸려서." 내가 말했다.

"잘됐네." 그것이 말했다. "너 색깔이 희미해지던
참이었어."

그것은 오쿠오코 하나를 쳐들었다. "같은 수업 듣
는 녀석의 체내 기술에 들어가는 노란 흐름을 조작하
다가 이랬어."

"저런." 덴 살을 보면서 내가 말했다.

우리는 멈춰 서서 밀려드는 물을 굽어보았다. 오치제가 자연스럽게 잘 만들어져서 느꼈던 안도감이 흐려지기 시작했다. 이게 진짜 시험이었다. 나는 팔에 바른 오치제를 조금 덜어내고 오크우의 오쿠오코를 잡았다. 오치제를 바르고 숨을 죽인 채 오쿠오코를 놓았다. 우리는 내 기숙사로 걸어 돌아왔다. 지구에서 가져온 오치제는 오크우를 낫게 했고 나중에는 족장도 낫게 했다. 다른 메두스도 많이 낫게 해줄 터였다. 내 동족이 만든 오치제, 우리 고향의 흙이 섞인 오치제. 그것이야말로 메두스가 날 존중해준 토대였다. 이제 그 오치제는 다 떨어졌다. 나는 원래 같지 않았다. 이제 더 이상 완전한 힘바 사람도 못 되었다. 오크우는 이제 날 어떻게 볼까?

내 기숙사에 다다라서 우리는 멈춰 섰다.

"네가 무슨 생각 하는지 알아." 오크우가 말했다.

"난 너희들 메두스를 알아." 내가 말했다. "너희는 명예에 사는 사람들이지, 그렇지만 완고하고 융통성이 없어. 그리고 전통파고." 서글픈 감정이 마음을 휩

쓸어 나는 흐느껴 울었다. 한 손으로 얼굴을 가리고서. 내 오치제가 손에 닿아 밀리는 게 느껴졌다. "그렇지만 너희들은 내 친구가 되었어." 내가 말했다. 손을 떼니 오치제가 옮아 손바닥이 빨갰다. "여기서 나한테는 너밖에 없어. 어쩌다 이렇게 됐는지는 모르겠어. 그렇지만 넌 나에게…."

"너희 가족에게 전화하면 가족이 있을걸." 오크우가 말했다.

나는 인상을 찡그리고 오크우에게서 물러섰다. "무지하게 냉정하네." 내가 소곤거렸다.

"빈티." 오크우가 말했다. 기체를 풍 하고 뿜어냈는데, 그건 내가 익히 아는 바 웃는 모습이었다. "우리 종족을 낫게 해주고 도로 살려내는 물질을 네가 지니고 있든, 아니든 나는 네 친구야. 너를 알게 되어 영광이야." 녀석은 오쿠오코를 뒤흔들었고 그중 하나를 바르르 떨었다. 내 오쿠오코 중 한 개가 바르르 진동하는 게 느껴지는 바람에 난 그만 악 소리를 질렀다.

"이게 무슨 일이야?" 양손을 쳐든 채로 내가 소리쳤다.

"우리가 전투로 맺어진 한 가족이라는 뜻이지." 그것이 말했다. "이렇게 우리 가문에 누가 들어온 건 아주 오랜만에 있는 일이야. 우린 정말 인간들 별론데 말이지."

내가 빙그레 웃음 지었다.

그가 오쿠오코 하나를 내밀었다. "내일 보여줘." 못미더운 마음에 내가 말했다.

"내일이라도 마찬가지지." 오크우가 말했다.

내가 오치제를 문질러 닦자 오크우의 화상은 싹 없어져 있었다.

* * *

천문의로 우리 가족에게 신호를 보내며, 나는 조용한 내 방 안에서 에단을 보고 앉아 있었다. 바깥은 어두웠고 나는 하늘을, 별들을 바라보았다. 저기 보이는 분홍색 별이 고향인 것을 생각하면서. 집으로 전화를 걸었을 때, 맨 처음 받은 건 어머니였다.

감사의 말

◇

이 중편의 줄거리를 구상하는 데 핵심 역할을 해준 내 딸 아노고에게 고마움을 전한다. 이야기가 막히면, 상상력이 풍부하고 용감한 열한 살배기에게 다음에는 어떤 일이 일어나겠느냐고 물어보라. 대번에 막혔던 게 풀릴 것이다. 토르 닷컴의 담당 편집자 리 해리스(토르 닷컴의 중편 프로그램을 처음 내다본 이 중 한 사람이다.)와 내 판권 대리인 돈 마스(이 이야기를 어디에 발표하는 것이 좋을지 정확하게 판단해주었다.)에게 깊이 감사드린다. 최종적으로 원고를 읽어봐준 엔젤 메이너드가 해준 온갖 격려에 대해 감사를 전한다. 마지

막으로, 심오한 전통적 부족적 의미에서 내 근연자인
한 마리 해파리와, 나미비아의 멋진 힘바 사람들과,
내게 외우주 탐험의 영감을 준 아랍에미리트연방의
오래되었으면서 미래적인 땅에 감사하고 싶다.

지은이..은네디 오코라포르Nnedi Okorafor

1974년 미국 오하이오주 신시내티에서 태어났으며 일리노이 대학교 시카고 캠퍼스에서 영문학 박사 학위를 취득했다. 2019년 현재는 버펄로 대학교에서 문학을 가르치고 있다. 작품 전반에 흐르는 아프리카 문화권의 이채로운 분위기는 나이지리아인 부모 밑에서 태어나 나이지리아 여행을 하며 성장한 삶의 궤적에서 비롯되었다. 자신만의 독특한 세계관으로 SF 문학계를 매료시키고 있는 오코라포르는 《빈티: 오치제를 바른 소녀》로 휴고상과 네뷸러상을 수상하였으며 '빈티' 3부작 시리즈를 통해 SF 작가로서 입지를 굳혔다. 마블 코믹스 《블랙팬서》《슈리》의 작가이며 대표작으로 '라군Lagoon' 시리즈, '아카타 마녀Akata Witch' 시리즈 등이 있다.

그래픽..구현성

보편적인 형식과 서사보다는 실험적이고 변칙을 추구하는 만화와 일러스트레이션을 주로 작업하고 있다. 기존의 구조와 형태를 해체하거나 재구성하거나 파괴함으로써 얻어지는 특이점과 이질적인 아름다움을 구현한다. 대표작으로 〈망상의 집〉〈smog〉〈unspace〉〈undead〉 등이 있고, 《별무리》《인코그니토》 등의 책과 여러 컨셉아트 포스터를 작업하였다.

옮긴이..이지연

서울여자대학교를 졸업하고 도서출판 황금가지에서 편집자로 일했다. 번역한 책으로 《스페이스 오디세이 2010》《크로우 걸》(1, 2, 3) 《밤과 낮 사이》(1, 2) 《위키드》(4, 5, 6) 등이 있다.

불가능하고도 가능한 세계
포비든 플래닛 FORBIDDEN PLANET

빈티: 오치제를 바른 소녀

1판 1쇄 찍음 2019년 10월 25일
1판 1쇄 펴냄 2019년 11월 8일

지은이 은네디 오코라포르
그래픽 구현성
옮긴이 이지연
펴낸이 안지미
편집 박승기 유승재
디자인 이은주
제작처 공간

펴낸곳 (주)알마
출판등록 2006년 6월 22일 제2013-000266호
주소 03990 서울시 마포구 연남로 1길 8, 4~5층
전화 02.324.3800 판매 02.324.7863 편집
전송 02.324.1144

전자우편 alma@almabook.com
페이스북 /almabooks
트위터 @alma_books
인스타그램 @alma_books

ISBN 979-11-5992-269-5 04800
ISBN 979-11-5992-246-6 (세트)

이 도서의 국립중앙도서관 출판예정도서목록CIP은 서지정보유통지원시스템
홈페이지http://seoji.nl.go.kr와 국가자료종합목록 구축시스템http://kolis-
net.nl.go.kr에서 이용하실 수 있습니다. CIP제어번호: CIP2019040665

알마는 아이쿱생협과 더불어 협동조합의 가치를 실천하는 출판사입니다.

종이   표지_비비칼라 110g/m^2 별지_비비칼라 110g 본문_그린라이트 80g/m^2